Martin Beer

– Nordic Stalking –

Röschen Taschenbuch

Röschen-Verlag

Danneckerstraße 20, D-60594 Frankfurt/Main
Internet: www.roeschen-verlag.de
e-Mail: frankdemant59@yahoo.de

Umschlagfoto: Klaus Weddig
Lektorat: Thomas Schäfer
Satz: SLG Peter Ripper · peter.ripper@t-online.de
Druck: Prisma-Druck, Saarbrücken
1. Auflage

Nordic Stalking

Kriminalroman

Herzlichst

Der Autor

Martin Beer wurde 1970 in Frankfurt geboren und ist für immer dort geblieben. Er studierte Verschiedenes, schlug sich als Spirituosenverkäufer, Musiker und Werbesprecher durchs Leben und spielte mit dem Kabarettduo *Die Nasen von Nauru* zehn Jahre auf Kleinkunstbühnen, ehe er sich dem Schreiben zuwandte. Nach zwei Büchern, die in Zusammenarbeit mit Christoph Jenisch entstanden, veröffentlichte er sein Krimidebüt *Der Blitzer*, das u.a. in der Humorkritik der Titanic lobende Erwähnung fand. *Nordic Stalking* ist sein zweiter Kriminalroman.

Vorbemerkung des Autors

Jede Ähnlichkeit mit Lebenden oder Verstorbenen in diesem Buch ist der Tatsache geschuldet, dass die Welt von Irren bevölkert ist.

Für Gabi Rittig, Judy Schleindl,

Naumann und Eisenbletter,

Uwe Hohnstein, Günter Krause

und all die anderen

engagierten Buchhändler dieser Stadt

„Wenn die Performance super ist,

kann man alles machen."

Cherno Jobatey, Moderator

„Der Mensch ist ein Abgrund."

Georg Büchner „Woyzeck"

Eins

„Mit dem Rauchen aufzuhören, heißt mit dem Leben anzufangen.“ Was für ein dämlicher Spruch. Ausgerechnet auf einem Aschenbecher. Einem *leeren* Aschenbecher. Die Kaffeemaschine gluckerte in unregelmäßigen Abständen vor sich hin und spielte den Soundtrack zu diesem sinnlosen Gedanken. Der Aschenbecher war so leer wie ich mich fühlte. Ich saß gelangweilt davor und konzentrierte mich aufs Nichtrauchen. Zwei Wochen hatte ich schon rum. Wochen, die mir vorkamen wie Jahre. Ereignislos und todsterbenslangweilig. Doch was sollte ich tun? Schließlich hatte ich Sandy mein Wort gegeben. Wir alle hatten das getan. Kanonen-Robert, Harald, Jürgen und eine Handvoll anderer Spinner, die nicht mehr Herr ihrer Sinne waren. Allesamt hatten wir geschworen, trotz des generellen Rauchverbots in Kneipen auch weiterhin unser Bier an Sandys Tresen zu trinken. Besser noch, sofort mit dem Nichtrauchen anzufangen und den Staat durch die ihm so entgehenden Steuern in den Ruin zu treiben. Kalter Entzug als friedliche Revolution. So hatten wir getönt, neue Schnäpse bestellt und schließlich irgendein Papier unterschrieben, das dem Ersten, der rückfällig werden würde, eine drakonische Strafe in Aussicht stellte. Die schlimmste aller Strafen überhaupt: Lokalverbot. Inzwischen war mir klar, dass die ganze Aktion perfide eingefädelt war: ein heimtückischer Plan, der uns alle, von den eigenen Sprüchen in die Enge getrieben, den längst vorbereiteten Kontrakt hatte unterzeichnen lassen. Natürlich hätten mich die zahlreichen Runden aufs Haus misstrauisch machen müssen – Whisky, Cognac, Ouzo –, alles kreuz und quer durch-

einander. Und am Anfang taten sie das auch, doch was nützte das jetzt. Hätten, würden, müssten – all diese Konjunktive brachten keine Glut an den zernagten Bleistift in meinem Mundwinkel.

Heimlich rauchen und die Zeit im *Bad Vibes* mit Nikotinpflastern und Kaugummis überbrücken schied ebenso aus wie das Wechseln der Stammkneipe, da sich meine Wege mit Sandy bis ins Schlafzimmer überschnitten und ein Kneipenverbot unweigerlich auch andere, weit unangenehmere Verbote nach sich ziehen würde.

Die Situation war vollkommen verfahren.

Ein gallebitterer Geschmack machte sich in meiner Kehle breit. Ich war bis zur Mine vorgedrungen. Angeekelt spuckte ich das aufgeweichte Holz in den Mülleimer, zog einen neuen Bleistift aus der Schreibtischschublade und gönnte mir eine Dosis Kaffee mit Schuss. Ein ereignisloser Vormittag. Seitdem ich mich selbstständig gemacht hatte, passierte nicht wirklich viel.

Morgens las ich die Zeitung, trank vier Tassen Kaffee und zerkaute zwei Bleistifte. Am Mittag, der nach meiner Zeitrechnung nur selten vor 15 Uhr begann, vertrat ich mir ein wenig die Beine und drehte eine Runde entlang der Arbeiterkneipen und Trinkhallen des Osthafens. Den Rest des Tages brachte ich mit der Königsdisziplin der Detektive herum: Warten.

Von Zeit zu Zeit überprüfte ich das Telefon, doch ein unermüdlicher Dauerton erklang stets nach dem Drücken der grünen Taste. Ich konnte es nicht einmal auf die Telekom schieben – mich rief einfach keiner an. Dennoch war ich gut. Ein Profi in Sachen Geduld. Nach drei Monaten komplett austrainiert, ohne einen Anflug von Schwäche. Solange ich den Hausverwalter noch mit den schwindenden Reserven meiner

Existenzgründungszulage hinhalten konnte, ging mir die Luft nicht aus. Als das Telefon dann schließlich doch klingelte, bekam ich das vor lauter Geduld beinahe nicht mit. Im letzten Moment angelte ich mir den Hörer von der Ladestation und begann das Gespräch mit einem engagierten „Ja?".

„Bin ich da verbunden mit der Detektei Bratfisch, private Ermittlungen?" Die Stimme der Dame klang streng.

„Richtig. Sagte ich das nicht? Kurt Bratfisch persönlich. Wie kann ich Ihnen helfen?"

„Mir können Sie nicht helfen, aber danke der Nachfrage. Ich brauche einen Termin. Einen Termin für meine Chefin."

„Einen Termin. Gut, ich will mal sehen, was ich für Sie machen kann ..." Laut raschelnd blätterte ich mich durch den Sportteil der FAZ und fuhr fort: „Morgen gegen elf hätte ich eventuell noch ..."

„Heute um vier. Punkt vier. Und erzählen Sie mir keine Märchen, von wegen anderer Termine oder wichtigerer Dinge. Dieser Anruf hat äußerste Priorität. Wir verlassen uns auf Sie. Verstanden?"

Der Kunde ist König. Ich druckste ein „Gut" in den Hörer. Die Anruferin sparte sich jedwede Abschiedsfloskel. Aufgelegt. Ich hatte nicht einmal gefragt, wer ihre Chefin war und wo das Treffen stattfinden sollte. Ich warf einen Blick auf das Ziffernblatt, der im Mietpreis enthaltenen Wanduhr. Fünf vor zwölf.

Was sonst.

Um zehn nach vier klopfte es entschlossen gegen meine Bürotür. Noch bevor ich aufstehen konnte schwang sie auf und eine Erscheinung wie aus einer anderen Welt betrat den Raum. Einmeterachtzig pures Selbstbewusstsein reduzierten mich in meinem Bürostuhl auf einen weit geöffneten Mund.

Eine Frau, soviel war klar, doch alles an ihr wirkte irgendwie synthetisch. Eine Figur wie aus den Händen eines Comiczeichners, eingepasst in einen eng geschnittenen Ledermantel mit Fellkragen, dessen edler Schimmer sich bis in den schwarzen Glanz ihrer pantherfellgleichen Haare fortsetzte. Blitzblaue Augen blickten desinteressiert an mir vorbei. Sie öffnete ihren Mantel und warf ihn ungefragt über den Kleiderhaken neben der Tür. Ich folgte ihren anmutigen Bewegungen in der Hoffnung, dass mit ihrem Mantel auch ein Teil ihrer aufdringlichen Ausstrahlung an der Garderobe hängen blieb. Mein Wunsch blieb unerfüllt. Sie schlug die Beine übereinander, und die scharfkantigen Bügelfalten ihrer Hose ließen meine ausgestreckten Füße intuitiv zurückzucken. Meine Augen hatten dieweil einen neuen Fixpunkt in ihrem Dekolletee gefunden und starrten auf die von schwarzer Spitze umsäumten Erhebungen ihres Körpers.

Dann musste ich husten. Mit der Feststellung „Ich darf doch rauchen?“ blies sie mir den Qualm einer Slim-Line-Deluxe direkt ins Gesicht. Gierig sog ich ein, was ich kriegen konnte.

„Wollen Sie auch eine?“

„Danke, nein. Ich rauche nicht“, röchelte ich und meinte das Gegenteil. Sie verstand mich nicht. Wie alle Frauen.

Mit einem Knacken zerbrach der Bleistift in meinem Mund. Eine Weile war es ruhig, bis mein Gegenüber erneut das Wort ergriff. „Wollen Sie denn gar nicht wissen, was mich zu Ihnen führt?“

„Sie werden es mir mit Sicherheit gleich verraten.“ In Sachen Geduld machte mir niemand mehr etwas vor.

„Gut, dann bringen wir es hinter uns. Wer ich bin, brauche ich Ihnen ja wohl nicht zu sagen.“ Sie legte ein kurze Pause ein, um das Gesagte wirken zu lassen und zog erneut an ihrer spindeldürren Zigarette. Ich hatte keine Ahnung, wer mir da gegenübersaß und überbrückte die Stille, indem ich meiner Besucherin einen Kaffee anbot.

„Danke“, erwiderte sie, ohne ein hinzugefügtes Ja oder Nein. Langsam begann mich diese Frau zu nerven. Es wurde Zeit, Klartext zu reden. „Okay, Kaffee ist in der Kanne hinter Ihnen, Tassen stehen im Schrank darüber. Wenn Sie es sich überlegt haben, greifen Sie zu. Und jetzt legen Sie los mit Ihrer Story und fragen sie mich bitte nicht, ob ich einen Optiker kenne, der billiger ist als Fielmann. Solche Witzbolde rufen nämlich ständig hier an.“ Ihr Lachen gab eine Reihe perlweißer Zähne frei. Das Eis war gebrochen, dabei hatte ich gar keinen Scherz gemacht. In den ersten Tagen nach Erscheinen meiner Werbeanzeige hatte mich tatsächlich ein Dutzend Vollidioten mit dieser Frage an den Rand des Wahnsinns getrieben. Nachdem sie ihre Zigarette endlich im Aschenbecher ausgedrückt hatte, begann sie zu erzählen. „Wie Sie wissen, bin ich prominent.“

Deshalb kannte ich sie also nicht.

„Das hat viele Vor-, aber auch einige Nachteile. Zum Beispiel kann ich mich nicht, wie Sie, einfach so durch die Stadt bewegen oder tanzen gehen, wenn mir danach ist.“ Armes Hascherl, aber so ist das im Leben. Jeder bewegt sich in seiner Zone. Ganz wie in der Natur. Es gibt Tag- und Nachtmenschen. Land- und Stadtbewohner. Unscheinbare Spatzen und Paradiesvögel. Und jeder hat sein Päckchen zu tragen.

„Bei großen Events kümmern sich Leibwächter um meine Sicherheit. Im ganz normalen Alltag kam ich bisher auch ohne Aufpasser zurecht. Bis dieser Verrückte anfing, mir das Leben zur Hölle zur machen.“

„Sie werden bedroht?“

„Nicht direkt bedroht. Eher belästigt.“

„Wie äußert sich das?“

„Zu Anfang klingelte ständig das Telefon. Ich habe mir natürlich eine Geheimnummer besorgt, aber irgendwie hat dieser Typ sogar meine Handynummer herausbekommen. Täglich schickt er mir eine SMS und schreibt mir wie gut ich aussehe. Er weiß auch immer, was ich anhabe. Dann liegen Blumen vor der Tür oder Pralinen. Ich schmeiße das alles natürlich sofort in den Mülleimer. Es ist wirklich gruselig." Genauso hörte es sich an. Da gab es also jemanden, der alles, was sich Frauen wünschten, eins zu eins umsetzte, und dieses verwöhnte Gör hatte nichts Besseres zu tun, als sich bei einem Privatdetektiv auszuheulen, anstatt die Blumen in eine Vase zu stellen und sich am Konfekt zu laben. Das sollte mir mal passieren. Ich nickte ihr teilnahmsvoll zu.

„Ich möchte, dass Sie sich der Sache annehmen und diesen Stalker ausfindig machen."

„Warum wenden Sie sich in dieser Angelegenheit nicht an die Polizei? Soweit ich weiß, gibt es mittlerweile einen Paragraphen gegen Stalking."

Sie strich sich mit dem Lederhandschuh eine Strähne aus dem Gesicht und zwinkerte nervös mit den Augenlidern. „Ach, wissen Sie, ich möchte kein großes Aufheben um die Sache machen. Ich bin mir sicher, dass Sie den Typen in wenigen Tagen stellen und ihm klarmachen können, dass ich auf seine Gegenwart keinen Wert lege. Ich habe da volles Vertrauen in Sie." Woher sie das nahm, war mir ein Rätsel. „Sie nehmen den Fall an?" Noch während sie das sagte, wanderten fünf grüne Scheine über den Schreibtisch. „Sie erhalten das und noch mal das Doppelte, wenn Sie den Stalker dingfest machen." Ich hasse es, wenn die einzige Alternative zu einer Zusage „ja" heißt. Zusätzlich zu dem Geld erhielt ich noch einen Zettel, auf den meine Klientin ihre Kontaktdaten gekritzelt hatte. Adresse, Telefonnummer, Pipapo.

Keine dreißig Sekunden später war sie im Hausflur verschwunden. Aus dem Treppenhaus hallte die Stimme des Hausverwalters. Dann öffnete sich erneut meine Bürotür. „Also wägglisch, Sie kenne Leud', Herr Bratfisch." Der Hausverwalter betrachtete verzückt ein gelbes Schwammtuch, das ihm soeben mit einem Autogramm versehen worden war. „Für mein Enkelsche", verkündete er stolz und ließ das gute Stück in seiner Kitteltasche verschwinden. „Wenn isch Sie dann noch mal weschen der fällischen Miede belässdische könnde ..." Schweren Herzens trennte ich mich von zwei Dritteln des soeben erworbenen Reichtums. Der Hausverwalter deutete eine Verbeugung an, verabschiedete sich mit einem gut gelaunten „Färma dankt!" und machte auf dem Absatz kehrt. Bevor er verschwand, rief ich ihm ein beiläufiges „Ach übrigens ..." hinterher. Er drehte sich noch einmal um und schaute mich fragend an. „Ihre Enkelin, für die Sie sich das Autogramm haben geben lassen. Von wem ist sie denn Fan?"

„Bidde?" Er schüttelte verständnislos den Kopf. Offenbar musste ich deutlicher werden.

„Kannten Sie die Frau, die eben mein Büro verlassen hat?"

„Sischer." Immer noch schien er nicht zu verstehen, worauf es mir ankam.

„Dann helfen Sie mir doch bitte kurz auf die Sprünge. Mir liegt der Name auf der Zunge, aber ..." Sein Blick verriet, was er in diesem Augenblick dachte. Ich war dankbar, dass er es nicht aussprach. Stattdessen fasste er sich wider Erwarten kurz, murmelte leise einen Namen in den Raum und verschwand kopfschüttelnd aus meinem Büro.

Sarah Morgentau, 24, Beruf Model, Siegerin der Castingshow *Catwalk Calling*, Hobbys: Mode, Musik, Tanzen und alles, was Spaß macht, so war es ihrer Homepage zu entnehmen, durch die ich mich gerade klickte. Diverse Bilder zeigten sie auf den Covern glänzender Modemagazine. Mit kurzen, langen, strähnchendurchsetzten, roten, dunklen oder blond durchgestuften Haaren, blass wie ein Fischbauch oder sonnenbankgebräunt. Photoshop sei Dank hatte sie nie auch nur einen einzigen Pickel. Wie alt die Enkeltochter des Hausverwalters auch immer war, so sahen also die Vorbilder dieser bemitleidenswerten Generation aus. Dem Zettel zufolge logierte Sarah Morgentau in einer Villa am Lerchesberg, einer für ihr Alter durchaus respektablen Wohngegend. Ich beschloss, erst in der Nacht dort aufzukreuzen. Den Abend wollte ich mit normalen Menschen verbringen.

Im *Bad Vibes* stank es seit der Einführung des Rauchverbots wie im Flusspferdhaus des Frankfurter Zoos. Bis dahin war das Odeur aus Toilettensteinen, Schweiß und abgestandenem Bier von dichten Rauchschwaden überlagert worden. Jetzt taten die über dem Tresen hängenden Wunderbäume und ein paar Räucherkerzen ihr Möglichstes, den Zustand ein wenig erträglicher zu gestalten. Der Laden war so gut wie leer. Nur hartgesottene Stammgäste umlagerten die Theke. Die Reihen hatten sich gelichtet. Kanonen-Robert, dessen Spitzname sich aus einer angeblichen Karriere als Stuntman begründete, machte mit seinem Erdbeerlolli vergeblich auf Kojak, Jürgen kaute nervös auf einem Zahnstocher rum und Harald lag zusammengesackt über dem Tresen und schlief. Niemand sagte ein Wort. Aus den Boxen der Stereoanlage quäkte Jim Morrison: THIS IS THE END, MY ONLY FRIEND THE END … Hier herrschte wirklich Partystimmung. Sandy begrüßte mich mit einer Umarmung und einem frisch gezapften Pils. Ich setzte mich auf einen Barhocker, trank einen Schluck und fragte die fröhliche Runde nach Sarah Morgentau.

„Die kennst du? Sag bloß, du guckst dir morgens die Wiederholung von *Catwalk Calling* an. Ich dachte, du bist jetzt selbstständig. Seitdem diese Blonde aus der Model-WG ausziehen musste, ist die Serie für mich durch." Damit war schon mal klar, wie Kanonen-Robert seine Vormittage verbrachte. „Nein, sie war heute Nachmittag bei mir und hat mir einen Auftrag erteilt."

„Sarah Morgentau!" Dieser entsetzte Aufschrei kam vom Sandy. „Das Model!" Offensichtlich war es wirklich eine Bildungslücke, dieses Modepüppchen nicht zu kennen. „Sarah Morgentau hat dich beauftragt?"

„Warum nicht?"

„Das fragst du? Kurt, du bist seit drei Monaten Privatdetektiv, hattest noch keinen einzigen Auftrag und dieses Promiluder hat nichts Besseres zu tun, als ausgerechnet dich zu engagieren!"

„Soweit ich weiß, stehen diese Informationen nicht im Branchenbuch. Außerdem habe ich bereits Fälle gelöst."

„Einen, um genau zu sein. Einen. Und vergiss nicht, wer damals den Alfa von der Straße gefegt hat. Ohne mich hättest du damals ganz alt ausgesehen. Ganz alt …"

„Ist gut!" fuhr ich Robert in die Parade, der sich daraufhin wieder ausschließlich seinem Lolli widmete.

„Was will Sie denn von dir?", setzte Sandy ungerührt nach.

„Ich soll ein wenig auf sie aufpassen", antwortete ich wahrheitsgemäß und wusste noch im selben Moment, dass ich die nächsten Nächte wohl in meinem Büro verbringen würde. Oh Herr im Himmel, was gäbe ich jetzt für eine Zigarette …

Zwei

Eine Mischung aus Schneematsch und Regen verschmierte die Windschutzscheibe des mittlerweile volljährigen Schweden. Für Anfang November war es ungewöhnlich kalt in der Stadt. Von Klimaerwärmung keine Spur. Ein scharfer Wind hatte aufgefrischt und scheuchte das Laub und den Unrat der Straße vor sich her wie eine Horde orientierungsloser Schafe. Die Standheizung bollerte auf Hochtouren, und im Inneren des Volvos hatte sich eine Wärme ausgebreitet, in die man sich einwickeln konnte. Ich drehte den Scheibenwischer auf Intervall und drückte mich tief in den Kunstfellbezug des Fahrersitzes. Meine Augen folgten dem Rhythmus der Wischblätter bis die Villa Morgentau wieder klar und deutlich vor mir lag. Ein hässlicher Klotz, erdacht von einem Architekten, der sich seine Erfahrungen vom Bauteppich im Kindergarten über das Studium bis ins Berufsleben bewahrt hatte. Das Ganze sah in etwa so aus, als hätte eine kubistische Keimzelle aus Beton, Stahl und Glas unkontrolliert Metastasen gebildet. Ein Seitenflügel in der Form eines Schuhkartons war hell erleuchtet. Hinter der Glasfront waren Sarah Morgentau und ein mir unbekannter Typ in Szene gesetzt wie Schaufensterpuppen auf der Zeil. Welch kranker Seele dieses Haus auch immer entsprungen war, sie hatte ein Herz für Privatdetektive. Die beiden saßen zusammen und tranken Rotwein. Über leere Pastateller hinweg prosteten sie sich zu, bis sich das Geschehen auf eine cremefarbenen Polstergarnitur verlagerte. Das Topmodel hatte in seiner löchrigen Jogginghose fast menschliche Züge gewonnen, der Besucher erinnerte mit seinen halblangen semmelblonden Haaren, der Jeans und dem weißen T-Shirt an Sonny Crockett oder Hansi Hinterseer. Ob es sich bei dem Blonden um den Freund des Models handelte, war nicht ersichtlich. Sie wirkten vertraut, saßen bislang aber brav nebeneinander.

Auf der Straße tat sich nicht viel. Ein paar Autos rauschten an mir vorbei, vereinzelte Spatziergänger mit Hunden und eine Gruppe mit Skistöcken bewaffneter Rentner traktierten den Bürgersteig in der irrtümlichen Hoffnung, damit eine lebensverlängernde Wirkung zu erzielen. Kein Stalker weit und breit. Falls es diesen Verehrer denn wirklich gab. Wer konnte es ihm verdenken, seiner Angebeteten in die Wohnung zu glotzen, wenn sie es derart darauf anlegte? Die ganze Szenerie erinnerte mich stark an Holland, wo jedes Wohnzimmer frei einsehbar ist, die Bevölkerung jedoch jeden Anflug von Neugierde mit feindseligen Blicken quittiert. Aus Langeweile schrieb ich „Wie in Holland" in mein schwarzes Notizbuch und verzierte diese Bemerkung mit einer stilisierten Windmühle. Dann kramte ich die Digitalkamera aus dem Handschuhfach und zoomte mir das Wohnzimmer in den Volvo. Die beiden hatten sich Zigaretten angesteckt. Zug um Zug füllte sich der Raum mit Rauch. Aus Reflex atmete ich kräftig durch und formte einen imaginären Kringel. Das Ergebnis war bescheiden. Kurt Bratfisch, der erloschene Vulkan. Zu jeder vollen Stunde schoss ich ein Foto, bis um kurz nach eins das Licht in der Villa erst langsam gedimmt und schließlich vollends gelöscht wurde. Eine Weile starrte ich noch auf die schwarze Glasfront, wie auf die Mattscheibe eines ausgeschalteten Fernsehers, bis auch bei mir die Lichter ausgingen und ich übergangslos in den Standby-Modus wechselte.

Dank der Standheizung war es immer noch mollig warm, als ich die Augen wieder aufschlug. An der Windschutzscheibe rieselte tröpfchenweise das Kondenswasser herab. Ein Blick auf die Uhr im Volvo offenbarte das ganze Grauen. Viertel nach fünf. Ich wischte die Scheibe mit dem Ärmel trocken, konzentrierte mich darauf, nicht sofort wieder einzuschlafen und fixierte die Villa Morgentau. Ergebnislos. Alles war still und ruhig. Stockfinster. Keine Spur von Gefahr und Verbrechen. Meine Gegenwart vor dieser Villa: so sinnlos wie die Existenz ihrer Bewohner. Aus Langeweile stieg ich aus und ging ein paar Schritte durch die Nacht. Langsam kehrte wieder Leben in meine müden Glieder. Die Straße hingegen war ausgestorben wie der Dodo. Frankfurt, the city, that ever sleeps. Ich schlug mich durch ein Gebüsch in den Vorgarten und umrundete das klotzartige Gebäude. Erst als ein unangenehmer Nieselregen einsetzte, schwang ich mich wieder zurück in die wohlige Höhle des aufgeheizten Schweden, kramte mein Notizbuch aus dem Handschuhfach und spielte Käsekästchen gegen mich selbst. Ich gewann keinen Blumentopf. Mein Gegner war mir immer einen Zug voraus. Ab und zu hob ich den Kopf und schenkte der schlafenden Villa einen kurzen Blick. Eine kaum wahrnehmbare Bewegung an der Eingangstür ließ mich plötzlich erstarren. Die Büsche schienen sich leicht zu bewegen, und obwohl niemand zu sehen war, hatte sich irgendetwas verändert. Ich scannte jeden Millimeter des Hauseingangs ab, bis ich schließlich das Paket entdeckte. Es lag direkt auf der Fußmatte. Ein kleiner weißer Pappkarton. Wer auch immer ihn dorthin gelegt hatte, weit konnte er nicht sein. Leise stieg ich aus dem Auto und nahm die Fährte auf. Ich schlich über die Straße und drückte mich eng gegen die Hauswand. Das Paket lag direkt zu meinen Füßen. Ich ließ es liegen und spähte vorsichtig um die Ecke. Rechts von mir schirmte eine hohe Backsteinmauer die Villa vom Nachbargrundstück ab. Ich glitt im Schatten der Mauer weiter voran.

Ein Rascheln im Gehölz am Ende des Gartens zeigte mir, wo es langging. Vorsichtig schlich ich über den frisch gemähten Rasen. Solange der Fremde nicht wusste, dass ich ihm folgte, bestand kein Grund zur Eile. Dann sah ich ihn. Eine dunkle Gestalt, groß und gut gebaut, etwa zehn Meter entfernt, die sich gekonnt über den Gartenzaun schwang. Als die Luft rein war, stieg ich ihm nach. Der Zaun war höher, als es aus der Entfernung ausgesehen hatte. Ich hangelte mich unbeholfen am Maschendraht nach oben, riss mir die Jeans an der Stacheldrahtkrone auf, verlor das Gleichgewicht und stürzte unsanft ab. Leise fluchend landete ich auf dem Bürgersteig, rappelte mich auf und sah gerade noch aus dem Augenwinkel, wie der Unbekannte hinter der nächsten Straßenecke verschwand. Gute drei oder vier Meter spurtete ich ihm hinterher, bis ich stolperte und der Länge nach über den Rollsplitt des Gehsteigs schlitterte. Irgendetwas war zwischen meine Beine geraten und hatte mich heimtückisch aus der Bahn geworfen. Ich rollte mich auf die Seite und blickte direkt in die feindselig glühenden Augen einer zeitungsaustragenden Seniorin. Drohend umklammerte sie den geblümten Regenschirm, mit dem sie mich zu Fall gebracht hatte. Jederzeit bereit, mir den finalen Stoß zu versetzen. Noch während ich diesen Schrecken verarbeitete, wurde ich von der nächsten Bestie angefallen. Ein kleines, haariges Scheusal kläffte mir ins Gesicht und fletschte die Zähne. Aus Reflex schlug ich zu. Das Fellknäuel flog ein paar Meter durch die Luft und heulte markerschütternd auf. Nur einen Atemzug später bohrte sich die Schirmspitze tief in meinen Oberschenkel. Ich schrie gellend auf. Im Hintergrund jaulte der Hund. In mehreren Häusern der Straße ging zeitgleich das Licht an. Es wurde höchste Zeit zu verschwinden. Die Rentnerin war jedoch noch lange nicht fertig. „SIE …“, hob sie an, fügte ein weiteres

„SIE!" hinzu und schwang erneut bedrohlich den Schirm. „Ich?", fragte ich kleinlaut und kugelte mich schutzsuchend zusammen. „Ja, Sie!", donnerte die Oma drauflos. „Sie Einbrecher!" Damit war zumindest klar, warum sie dieses Theater veranstaltete. Mit „Stehenbleiben! und „Haltet den Dieb!" ging es weiter. Ihre Tirade entbehrte jedweder Logik.

„Ruhe!", lärmte es aus einem Fenster auf der gegenüberliegenden Straßenseite. Die Oma drehte sich augenblicklich um und wandte sich der neuen Front zu. „Selber Ruhe!", brüllte sie und schwenkte den Regenschirm wie einen Säbel durch den Nachthimmel. Der Hund jaulte unverdrossen weiter. Ich nutzte diesen Moment und ergriff die Flucht. Humpelnd hastete ich die Straße entlang und bog um die nächste Ecke. Doch es war zu spät. Der Stalker hatte sich längst aus dem Staub gemacht. Zurückgeblieben war nur das Paket und eine blutende Fleischwunde in meinem Oberschenkel.

Herzlich Willkommen. Schwarze Schrift auf stumpfem Bast. Eine Fußmatte wie viele, nur hatte auf dieser bis vor wenigen Minuten noch ein kleines Paket gelegen. Meine Verwunderung paarte sich mit Entsetzen als das Lalülala der anrückenden Polizei die morgendliche Stille durchschnitt wie ein unvermittelt eingespielter Werbetrailer in „Spiel mir das Lied vom Tod". Da ich in meiner Not auf die Schnelle kein besseres Versteck finden konnte, klopfte ich an die Tür. Zu meinem Glück schwang sie unmittelbar auf, und ich schlüpfte hinein. Sarah Morgentau, in ein schwarzes glänzendes Nichts gehüllt, wies mir den Weg in ein dunkles Zimmer. Ich ertastete einen Sessel, nahm Platz und wartete geduldig ab. Kurz darauf ertönte die Türklingel, und die liebliche Stimme des Models erklärte den Beamten, dass man nichts von einem Einbruch bemerkt habe, gerade eben erst aufgestanden sei und sich jetzt der morgendlichen Toilette zu widmen gedenke. Keine zwei Minuten später war wieder Ruhe eingekehrt. Die Tür zu meinem Zimmer öffnete sich, und meine Klientin schleuderte mir verächtliche Blicke entgegen. Ich versuchte es mit einem „Guten Morgen“, wurde jedoch sofort unterbrochen. „Habe ich Ihnen nicht deutlich genug gesagt, was ich von Ihnen verlange? Sie sollen mir diesen verdammten Stalker vom Hals schaffen. Mehr nicht!“, giftete sie mich an. „Wofür bezahle ich sie eigentlich?!“ Eine Wolke Chanel No. 5 raubte mir den Atem. Dass ich nicht augenblicklich ging, war einzig und allein den Geldscheinen geschuldet, die noch immer in meiner Hosentasche knisterten.

„Verdammte Scheiße!“, zeterte das Modepüppchen weiter und hielt das Paket des Stalkers in die Luft wie Hamlet den Totenschädel. Bei aller Dramatik wirkte die Szene lächerlich und aufgesetzt.

„Warum haben Sie es den Polizisten nicht mitgegeben?“, fragte ich und nahm ihr die Requisite aus der Hand. Jetzt stand sie da wie die Freiheitsstatue ohne Fackel. „Die hätten sich bestimmt über ein paar Pralinen gefreut.“

„Ich brauche die Bullen nicht in meinem Haus“, keifte sie weiter.

„Sehen Sie, und ich brauche keine hysterische Kleiderpuppe, die mir Informationen vorenthält. Wenn Sie ein Problem mit der Bullerei haben, dann sagen Sie es gleich. Ansonsten bin ich raus aus der Nummer.“ Ich legte das Paket zurück in ihre noch immer erhobene Hand und ließ sie stehen. „Danke, ich finde alleine raus.“ Mit diesen Worten humpelte ich erhobenen Hauptes durch die Haustür nach draußen. Niemand versuchte mich aufzuhalten. Was immer das zu bedeuten hatte.

Mein Büro empfing mich mit gewohnter Unaufgeräumtheit und einem doppelten Scotch. Einen Bleistift später lag ich auf der Matratze im Nachbarzimmer und holte die verlorene Nacht auf. Das Bein hatte ich notdürftig verbunden. Die Wunde pochte in gleichmäßigen Abständen vor sich hin. Am frühen Nachmittag gönnte ich mir ein Frühstück bei *Ahmeds Ausländischen Spezialitäten*. Schawarma, Pommes-Schranke, zwei Frühlingsrollen und eine lauwarme Dose Henninger. In puncto Ernährung war ich Kosmopolit. Zurück im Büro starrte ich eine Weile das schweigende Telefon an und spielte mit dem sich auftürmenden Geschirr über der Spüle Mikado. Ein beherztes Klopfen brachte mich aus der Balance und ein Stapel alter Kaffeetassen folgte unwiderruflich den Gesetzen der Schwerkraft. Ich fluchte laut und kehrte die Scherben mit dem Fuß zusammen. Ein zweites Mal klopfte es, diesmal allerdings etwas sanfter. „Moment", rief ich verärgert und wischte mir mit einem alten Spültuch notdürftig über die Jeans. Als ich öffnete, blickte ich in ein zerlaufenes Aquarell. Schwarze Farbschlieren bahnten sich ihren Weg über samtweiche Ockertöne. Wimperntusche auf Topmodel. Eingerahmt von strengem schwarzen Haar.

Ich ließ sie eintreten, bevor sich ihre Tränen sturzbachartig durch das Treppenhaus nach unten verbreiten und durch den Hausflur, die Sonnemannstraße entlang in den Main ergießen konnten. Ich lotste das Häufchen Elend zu meinem Besuchersessel, kramte eine Großpackung Kleenex hervor und nahm selbst hinter dem Schreibtisch Platz. Der Papierkorb füllte sich nach und nach mit Zellstoff. Mit einem konsequenten „Nein!" verhinderte ich gerade noch, dass Miss Morgentau sich an ihren Slim-Lines vergriff. Sicherheitshalber entfernte ich den dämlichen Plastikaschenbecher ganz aus ihrem Wirkungskreis. Eine Weile schaute ich ihr mitleidig in die wässrig trüben

Augen, bis mir die Geduld ausging. „Wenn ich mich richtig erinnere, habe ich mich heute morgen entlassen. Also, was wollen Sie noch?“

„Sie zurück“, wimmerte es kläglich. Was man auch immer über dieses Castingluder denken mochte: Geschmack hatte sie. „Geben Sie den Fall bitte nicht ab. Ich ...“, der Rest ging in ihrem Taschentuch unter. Damit hatte sie mich. Zugegeben, es brauchte nicht viel, um mich zu überzeugen, denn die Gewissheit, einen Großteil ihres Vorschusses bereits für laufende Kosten verblasen zu haben, ließ mir keine andere Wahl. „Warum haben Sie Angst vor den Bullen?“, fragte ich.

„Ich kann es mir einfach nicht leisten, die Polizei vor der Tür stehen zu haben ...“, schluchzte sie und versank abermals in ihren Kleenextüchern. „In meiner Position wird so was leicht missverstanden. Wissen Sie, wie viele Fotos von mir gemacht werden, ohne dass ich es mitbekomme? Ruckzuck steht dann in der Regenbogenpresse, dass die Polizei bei mir ein und aus geht. Und wen interessiert schon die Wahrheit.“ Ich nickte ihr beipflichtend zu und glaubte dennoch kein Wort.

In meiner Position konnte ich es mir nicht leisten, die fünf grünen Scheine in den Wind zu schießen. So einfach ist das manchmal mit der Wahrheit. „Was erwarten Sie von mir? Eine Rund-um-die-Uhr-Bewachung kann ich Ihnen leider nicht bieten.“

„Das weiß ich“, schniefte sie und gab dem Aquarell in ihrem Gesicht mit einem Papiertaschentuch den letzten Schliff. „Mein Gott, ich muss furchtbar aussehen“, ergänzte sie und strahlte mich mit neu gewonnener Zuversicht an. Wie ich solche Lügen hasste. Es wurde Zeit, dieses sinnlose Gefasel zu beenden, bevor sie mir noch erzählte, dass man Glück nicht kaufen kann und Geld nur beruhigt.

„Ich bin Schlimmeres gewohnt“, antwortete ich im Affekt und war froh, dass Sandy sich nicht in Hörweite befand. Stattdessen erntete ich ein Kichern.

„Tagsüber ist er noch nie aufgetaucht“, fuhr sie fort. „Ich wäre Ihnen dankbar, wenn sie in den nächsten Nächten noch einmal auf mich aufpassen könnten.“ Zu meiner weiteren Besänftigung zauberte sie ein paar weitere Scheine aus einem metallbeschlagenen Portemonnaie. Genug für einen Monat, aber das sagte ich nicht. Sarah Morgentau hatte gewonnen. Sie kannte es nicht anders. Nur wenige Minuten später war ich endlich wieder allein und wollte es bleiben.

Drei

Ich war nicht alleine. In einem vor mir parkenden Mercedes glomm verräterisch die Glut einer Kippe auf. Irgendjemand saß in diesem Auto und hatte den gleichen Job wie ich. Gerne hätte ich ihn gefragt, was er verdiente. Aus Langeweile hätten wir dann eine Gewerkschaft gründen können. Von Zeit zu Zeit lugte ein Teleobjektiv aus dem Seitenfenster seines Wagens. Besonders viel Mühe, unerkannt zu bleiben, gab er sich nicht. Im Vergleich zu meiner kleinen Digitalkamera war er jedenfalls deutlich besser ausgestattet. Dabei war das gar nicht nötig. Sarah Morgentau saß wie in der vergangenen Nacht mit Mister X in ihrem Schaufenster und labte sich an einer Flasche Rotem. Die löchrige Jogginghose war einem weißen Kleid und beigen Stiefeln gewichen. Ihr semmelblonder Begleiter trug einen hellen Leinenanzug. Ich wartete gespannt darauf, wann es vom Himmel Raffaellos regnen würde. Mein Vordermann schoss ein paar Fotos. Ich tat es ihm gleich. Sollte in dieser Nacht nichts passieren, konnten wir die Bilder immer noch an Ferrero verkaufen. Die Zeit verging schleppend. Gegen elf vertrat sich der Fotograf für einen Augenblick die Beine. Ich nutze die Chance und verschwand ebenfalls für ein paar Minuten hinter die Büsche. Meine Blase ließ mir keine andere Wahl. Anschließend schlich ich vorsichtig zu seinem Wagen und notierte die Autonummer. Gerade noch rechtzeitig erreichte ich im Schutz der Dunkelheit wieder den Volvo, als mein vermeintlicher Kollege zurückkehrte und sich erneut in seinem Mercedes verkroch. Um zwölf wurde das Licht gelöscht, und das öffentliche Wohnzimmer des Topmodels verschwand hinter der schwarzen Mattscheibe einer spiegelglatten Glasfront. Ich gönnte mir einen Schluck Whisky, nuckelte an meinem Bleistift und zählte die Regentropfen, die in ungleichmäßigen Abständen auf die Windschutzscheibe prasselten. Mein Leidensgenosse zog die Kamera aus dem kalten Novemberwind, machte aber keinerlei Anstalten, seinen Beobachtungsposten aufzugeben. Irgendetwas würde in dieser Nacht noch passieren.

Es dauerte bis halb drei. Ein Schatten näherte sich der schlafenden Villa. Erst schlich er vorsichtig die Backsteinmauer entlang, bis er sich schließlich der von der Straße frei einsehbaren Glasfront zuwandte. Die schwarze Gestalt ging in die Hocke, entledigte sich ihres Rucksacks und kramte suchend darin herum. Zwei Wagen vor mir erigierte ein Teleobjektiv aus dem Seitenfenster des Mercedes. Auch ich zog den Fotoapparat aus der Tasche und zoomte mir das Geschehen aufs Display. Das Bild war vollkommen unbrauchbar. Ich warf die Kamera auf den Beifahrersitz und kurbelte das Fenster wieder herunter. Der Fremde machte sich mit einer Art Brecheisen an der Terrassentür zu schaffen. Ich überlegte fieberhaft, was zu tun war. Mit dem Handy die Bullen zu rufen, schied aus, wenn ich den Auftrag des Models behalten wollte, wozu es angesichts der knisternden Scheine in meiner Jeans keine wirkliche Alternative gab. Aus dem Volvo zu springen und den Einbrecher zu stellen, erschien mir genauso zweifelhaft, solange ich nicht wusste, wer dort im Wagen vor mir saß. Zum Zuschauen verdammt, starrte ich durch den dichter werdenden Regen in die Nacht. Nicht gerade mannhaft, aber wenigstens trocken und adäquat bezahlt. Mit einem leisen Quietschen öffnete sich die Terrassentür. Der Fremde fummelte noch ein Weile in seinem Rucksack herum. Plötzlich erhellte ein matter Lichtstrahl das Dachgeschoss und zog meine Aufmerksamkeit auf sich. Als es wieder dunkel wurde, hatte der Fremde die Villa bereits betreten. Der schmale Schein einer Taschenlampe schwirrte über das spiegelnde Schwarz der Glasfront wie ein flatterndes Insekt. Falls es sich tatsächlich um einen Einbrecher handelte, war er noch im ersten Lehrjahr. Die ganze Straße konnte ihm zuschauen. Dann fiel ein Schuss. Ein donnernder Knall wie von einem Sylvesterböller, zwei Monate zu früh, gefolgt von spitzen Schreien. Eine Blitzlichtsalve aus dem Mercedes vor mir vervollständigte das Feuerwerk. Die Terrassentür wurde aufgestoßen und eine dunkle Gestalt lief panisch über die Straße davon. Ich sprang aus dem Wagen und hinkte dem Kerl hinterher. Die Fleischwunde in meinem Oberschenkel wummerte mit der steigenden Frequenz meines Pulsschlags um die Wette. Im selben Moment heulte der Motor des Mercedes auf. Ich drehte mich zur Seite und sah aus dem Augenwinkel, wie die Kiste mit kreischenden Reifen aus ihrer Parklücke driftete, sich auf der Straße querstellte und schließlich in die entgegengesetzte Richtung davonrauschte. Eine Baustelle weniger, dachte ich und humpelte im fahlen Schein der Straßenlaternen weiter die Straße entlang. Im Hintergrund die gellenden Schreie des Models. Der Einbrecher verschwand um die nächste Ecke, aber ich blieb ihm hartnäckig auf den Fersen. Als er bemerkte, dass er verfolgt wurde, schlug er einen Haken in den Vorgarten eines benachbarten Anwesens. Für einen kurzen Augenblick geriet er aus meinem Blickfeld. Lange genug, um hinter dem Gartenpavillon mit der allgegenwärtigen Schwärze der Nacht zu verschmelzen. Ich duckte mich und kauerte mich hinter einen monumentalen Blumenkübel. Gebannt starrte ich in die Dunkelheit. Es dauerte eine gefühlte Ewigkeit, bis es in den Büschen am anderen Ende des Gartens verräterisch zu rascheln begann. Der penibel getrimmte Rasen bot keinerlei Deckung. Bis hierhin und nicht weiter, sprach eine innere Stimme zu mir. Dieselbe Stimme die mich schon so oft vor dem achten Bier gewarnt hatte. Diesmal ignorierte ich sie nicht. Wenn das ein Hinterhalt war, hatte ich keine Chance. Der Regenschirm vom Vortag war mir Warnung genug. Ich glotzte noch eine Weile unentschlossen in den frierenden Hibiskus, bevor ich mich wieder auf den Rückweg zur Villa machte. Die anhaltenden Schreie des Topmodels leiteten mich durch das schlafende Wohnviertel. Niemand rührte sich, also musste etwas wirklich Schlimmes passiert sein. Als ich die Villa erreichte, offenbarte sich die Katastrophe in all ihrer Scheußlichkeit. Laut klagend kniete das Model auf dem Fußboden und stierte fassungslos auf seine blutüberströmten Hände, die sich zitternd um den Griff einer Pistole klammerten. Direkt vor ihr lag die Leiche. Der smarte Surfer. Reduziert auf einen leblosen Körper. An Land gespült und endgültig gestrandet auf dem Fischgrätparkett des mondänen Salons. Aus einer klaffenden Wunde in seiner Brust breitete sich ein großer roter Fleck über seinem T-Shirt aus wie Batikfarbe. Kein schönes Bild. Und kein schöner Ton. Nach ein paar hilflosen Bemühungen, meine Klientin zu beruhigen, gab ich ihr eine schallende Ohrfeige. Zu meiner Überraschung schlug die Therapie sofort an. Das Model hörte endlich auf zu schreien. Die plötzlich einsetzende Ruhe wurde sofort mit einem lauten „Danke!“ aus dem Haus gegenüber kommentiert. Ich brüllte ein beherztes „Arschloch!“ in den Nachthimmel, angelte mir das Telefon aus der Ladestation und rief, weil ich es nicht besser wusste, die Bullen.

„Bratfisch. Ja, Bratfisch. Nein, ich möchte Sie nicht verarschen. Vorne Brat und hinten Fisch. Ganz einfach. BRATFISCH, verdammt!“ Dann wiederholte ich zum zehnten Mal die Adresse der Villa, betonte die Schlüsselworte Einbruch, Schusswaffe, Tod, dringend, Hilfe und Rettungswagen und legte entnervt auf, als ich erneut nach Namen und Adresse gefragt wurde. Es dauerte zwei Drinks, bis sich die gerade wieder einsetzende Stille dem anrückenden Lalülala der Einsatzwagen ergab.

Das Büro sah aus wie im Film. Ein quadratischer Raum. Weiß gestrichen mit grauem Linoleumfußboden. Eine Spiegelattrappe, eine Tür, ein Schreibtisch und zwei Stühle auf der gegenüberliegenden Seite. Ein Aufnahmegerät und die obligatorische Schreibtischlampe rundeten das Bild ab. Aus Langeweile fummelte ich ein wenig an der Lampe herum. Drehte den Schirm in verschiedene Richtungen und stieß auf ein bekanntes Firmenschild. Wer hätte das gedacht. Auch die Bullen kauften bei Ikea. Wahrscheinlich kamen die Betten im Knast mittlerweile auch aus Schweden. Passend zu den Gardinen. Dann öffnete sich endlich die Tür, und ein schwerfälliger Kommissar betrat den Raum, wie man eine Bühne betritt. Keine große Bühne. Eher ein Volkstheater, aber es war sofort klar, wer hier die Hauptrolle spielte. Er rieb sich mit der Hand über sein Doppelkinn und ließ sich sackartig auf einen der beiden Stühle fallen, wobei unklar blieb, für welchen er sich entschieden hatte. Eine Weile passierte nichts. Beamte werden auch dafür bezahlt. Ich schätzte ihn auf Mitte fünfzig. Alles in seinem Gesicht war zu groß. Haare, Augen und Haut waren grau. Einzig die rot geäderte Nase bildete einen Kontrast in diesem monotonen Antlitz. Einem guten Schluck war dieser Mann nicht abgeneigt. Damit hatten wir schon mal eine Gemeinsamkeit. Mehr sollten es nicht werden.

„Sie rauchen", raunzte er mich an und zauberte ein verbeultes Softpack Marlboro aus seinem schlecht sitzenden Jackett. Ich schüttelte den Kopf.

„Das war keine Frage." Er steckte sich zwei Zigaretten

gleichzeitig an, zog einmal kräftig durch und parkte einen der beiden Glimmstängel in meinem Mund. „Sehen sie. Geht doch." Dann schwieg er wieder und glotzte mich durch den aufsteigenden Dunst gelangweilt an. Vorbei war das Zeitalter der Bleistifte. Als die Glut den Filter seiner Zigarette zu erreichen drohte, zückte er zwei neue Kippen aus dem Päckchen und wiederholte die Prozedur. „Scheiß Gesetze sind das", brummte er abfällig und stieß abermals gewaltige Rauchschwaden aus seinen bebenden Nüstern. „Das muss man sich mal vorstellen. In seinem eigenen Büro darf man nicht mehr rauchen. Was bilden die sich eigentlich ein? Jeder Verbrecher darf uns die Bude vollqualmen, und wir dürfen dabei zuschauen und noch die Aschenbecher leeren. Verdammter Quatsch ist das." Das war es wirklich. Denn erstens war weit und breit kein Aschenbecher in Sicht, und zweitens sollte ich meines Wissens nach nur eine Zeugenaussage machen. „Sie müssen da irgendwas verwechseln", begann ich zögernd. „Ich bin nur als Zeuge hier …"

„Ist mir scheißegal, weswegen Sie hier sind", fuhr er mir in die Parade. „Ich rauche die noch zu Ende, und dann sehen Sie mich nie wieder," sprach's, drückte seine Kippe auf dem Schreibtisch aus und verschwand, so endgültig wie ein Schiff am Horizont verschwindet. Solcherart zurückgelassen, blickte ich ratlos in den luftleeren Raum, bis sich erneut die Tür öffnete und ein recht konträrer Typ das Zimmer betrat. Der Mann war in den Vierzigern, aber schlank und durchtrainiert wie es dem Zeitgeist entsprach, so, als gehöre es zu jeder Biographie, zumindest einmal im Leben einen Marathon überstanden oder wahlweise den Kilimandscharo bestiegen zu haben, um dann den Rest der Menschheit mit der überstandenen Grenzerfahrung zu Tode zu nerven. Passend zu seinem asketischen Körper trug er ein verhärmtes Gesicht mit schlecht sitzenden Augen und inselartigem Bartwuchs. Seine giftgrüne Jacke war aus einem Stoff gefertigt, mit dem man wahlweise auch Pfannen beschichten konnte. Eine Jacke, die über Jahre die schlechte Laune ihres Besitzers in sich aufgesogen hatte und diese nun über großflächig angebrachte Reflektoren in die Gegenwart vollkommen unbeteiligter Menschen zurückwarf. Als könnte er Gedanken lesen, begann er sofort damit, meine Vorurteile in vollem Umfang zu bestätigen.

„KIPPE AUS! Hier ist Rauchverbot!“, blökte er mich an.

„Ich rauche nicht“, sagte ich aus Reflex, was angesichts der brennenden Zigarette in meiner Hand nur bedingt glaubwürdig war.

„Verdammte Sauerei“, echauffierte er sich weiter und fegte den Zigarettenstummel seines Kollegen wutentbrannt vom Schreibtisch.

„Die ist nicht von mir …“

„Natürlich nicht. VON WEM DENN SONST? ARSCHLOCH!“

„Von Ihrem Kollegen …“, sagte ich kleinlaut und suchte verzweifelt einen Weg, die Kippe in meiner Hand auf elegante Weise loszuwerden. „Hier“, sagte ich. „Die ist auch von ihm. Ich sollte sie nur kurz halten, bis er wieder …“

Ein Schlag mit dem Handrücken wischte mir den glühenden Stummel aus den Fingern.

„Auhhha!“, brüllte der Bulle und saugte an seiner Hand, als hätte ihn eine Natter gebissen. Im selben Moment betrat eine Frau den Raum und entspannte die Situation, wie nur Frauen Situationen entspannen können, auch wenn ich bislang oft gegenteilige Erfahrungen gemacht hatte. „Herr Bratfisch?“, fragte sie förmlich und ignorierte die spannungsgeladene Atmosphäre, wie sie alles ignorierte, was sich bis dahin ereignet hatte. „Ja“, sagte ich und schaute ihr pflichtbewusst in die

Augen. Ihr Blick war so fest wie ihr Körper. Nichts an ihr wirkte besonders und gerade dieser Umstand machte sie unverwechselbar. Diese Frau war die reine Professionalität. Vollkommen in ihrem Beruf aufgegangen, so als hätte das Amt einen Körper erhalten.

„Sie sind Privatdetektiv?“, fragte sie so überraschend wie ein Schachspieler das Spiel mit einem Bauern eröffnet. Ich nickte und erzählte, was ich zu erzählen hatte. Eine halbe Stunde später setzte ich meine Unterschrift unter ein Protokoll, versicherte der Kommissarin, dass ich die Stadt in den nächsten Tagen nicht zu verlassen gedächte und setzte mich in ein Taxi. Der Inder am Steuer lenkte den Mercedes mit schlafwandlerischer Sicherheit zum nächstgelegenen Zigarettenautomaten und dann den Sachsenhäuser Berg hinauf. In der Ferne schimmerte matt die trostlose Silhouette Offenbachs. Die Stadt verlassen, schmunzelte ich. Wo soll ein Frankfurter schon hin?

Die Villa des Models wurde von einem Streifenwagen bewacht. Hinter der Glasfront war es stockdunkel. Offenbar war Sarah Morgentau noch im Präsidium. Es war kurz vor fünf Uhr morgens. Keine gute Zeit, um noch im *Bad Vibes* aufzuschlagen. Ich setzte mich in den Volvo und vertagte alle weiteren Unternehmungen auf die kurze Zeitspanne, in der die schwache Hoffnung bestand, dass es irgendwann hell wurde.

Sieben Stunden später. Die Neonröhre in meinem Büro flackerte lustlos vor sich hin. Der Kaffee gurgelte sich schlaftrunken durch einen zum Filter umfunktionierten Nylonstrumpf. Ich sah ihm apathisch dabei zu, bis mich die Vibrationen in meiner Hose zu plötzlicher Aktivität zwangen. Auf dem Display des Handys erschien das Wort „Sandy“.

„Kurt?“, fragte sie mehrmals hintereinander, als bestünde ernsthaft die Gefahr, dass ich den eigenen Namen vergessen haben könnte. „Wo um Himmels willen hast du dich die ganze Nacht rumgetrieben?“ Ich reagierte mit einem einsilbigen Ja und steckte mir eine Kippe an. Nach einem kräftigen Zug machte ich mich daran, auch die zweite Frage zu beantworten, wurde aber jäh unterbrochen.

„Rauchst du etwa?“

„Hör zu. Die Sache hat sich vollkommen anders entwikkelt, als ich …“

„Also stimmt es! Du weißt, was das heißt.“ Noch bevor ich von den Schüssen, der nächtlichen Verfolgungsjagd und dem merkwürdigen Verhör im Polizeipräsidium berichten konnte, hatte sie aufgelegt. Ich durfte die Stadt nicht verlassen, und ich durfte nicht mehr ins *Bad Vibes*. Das war der Stand der Dinge.

Statt Kaffee wandte ich mich übergangslos dem Schnaps zu.

Vier

„Die Situation kommt mir irgendwie bekannt vor", sagte Kanonen-Robert und versicherte sich mit einem Seitenblick, dass ihn niemand dabei beobachten konnte, wie er großzügig Teilmengen einer Flasche Chantré in seinen Kaffee kippte.

„Mir auch", sagte ich und blickte ihn grimmig an. „Kannst du das bitte lassen?"

„Wieso? Hast du mal auf die Karte geguckt, was die hier für Kaffee mit Schuss verlangen?"

„Ja. Sechsachtzig."

„Eben. Sechsachtzig. Jetzt überleg doch mal. Sechsachtzig. Das sind zwölf, nein warte, dreizehn Mark sechzig. Vierzehn Mark. Für Kaffee!"

„Für Kaffee mit Schnaps. Und die D-Mark ist Geschichte. Aus dem letzten Laden, wo ich mit dir war, sind wir achtkantig rausgeflogen. Lokalverbot in einem Café. Wie peinlich ist das denn?"

„Und wer darf nicht mehr ins *Bad Vibes*? Du. Außerdem ist das ewig her. Alte Kamellen."

„Drei Wochen."

„Siehst du? Ewig." Er trank einen Schluck und nickte anerkennend mit dem Kopf. „Außerdem kriegen die das auf dem Niveau niemals hin."

„Hast du's je probiert? Ich denke, du verdienst Millionen im Filmgeschäft."

„Läuft grad nicht so toll. Wirtschaftskrise. Wird aber wieder." Er trank einen weiteren Schluck, klaubte eine Zigarette aus seiner Lederjacke, gab sich Feuer und blies mir den Rauch direkt ins Gesicht.

„Du rauchst?"

„Klar."

„Aber hier ist Rauchverbot. Und ..."

„Reg dich nicht auf. Ist doch kein Schwein da, außer uns."

„Und die anderen? Rauchen die auch? Wie läuft das? Warum dürft ihr ins *Bad Vibes*? Wir haben doch einen Vertrag? Verdammte Scheiße, was ist da los?!" Wutentbrannt griff ich mir seine Jacke vom Stuhl und kramte den Weinbrand heraus. „Rede, oder ich mach die Flasche leer!"

„Hey, beruhig dich wieder." Er fuchtelte panisch mit den Händen, als ich die Flasche ansetzte und mit kräftigen Schlucken zu trinken begann. „Ich ... Mensch, jetzt hör schon auf. Das ist doch nicht meine Schuld. Wer ist denn mit Sandy zusammen? Du. Also mach das mit ihr aus. Wir sind doch Freunde. Und Freunde halten sich aus Beziehungskisten raus."

„Feine Freunde", spotte ich verächtlich und trank weiter. „In den Rücken seid ihr mir gefallen, Ihr Judasse! In den Rücken!" Bevor ich mir weiter Luft machen konnte, trat die Bedienung auf den Plan. Ein über und über tätowiertes und gepierctes Nachtschattengewächs vom Typ Lisbeth Salander. „Das darf doch nicht war sein!", keifte sie das Gespräch abrupt beendend über die aufsteigenden Dunstschwaden hinweg. „Flasche weg und Kippen aus! Packt euer Zeug zusammen und dann ab. Aber pronto, sonst ruf ich die Bullen." Als Zeichen, dass sie es ernst meinte, angelte sie sich ein langes Küchenmesser vom Tresen und streckte es uns angriffslustig entgegen. Die Drohung wirkte. Kanonen-Robert sprang augenblicklich auf und ergriff die Flucht. Sein Stuhl fiel polternd zu Boden und versperrte mir den Weg. Er war schon fast draußen, als mich die resolute Kellnerin am Kragen packte und das Messer ansetzte. Ihre stahlblauen Augen blitzten mich herausfordernd an. „Moment noch. Zwei Kaffee mit Schuss. Macht dreizehnsechzig!“ Ich gab ihr einen Zwanziger und wusste, dass es unsinnig war, auf Wechselgeld zu bestehen. „Stimmt so“ stammelte ich und wartete bis sich ihr Griff wieder löste.

„Und lass dich hier nie wieder blicken“, zischte sie mir mit kaltem Atem ins Ohr. Ihr Augenbrauenpiercing kratzte mir scharf über die Schläfe. Dann fiel die Tür krachend hinter mir ins Schloss. Draußen war es schweinekalt. Nasskalter Regen, getrieben von böigem Wind aus Osten, peitschte über die Berger Straße. Ich schlug den Kragen meines Mantels hoch und sah mich nach Kanonen-Robert um. Der Stuntman hatte sich schutzsuchend hinter einer Litfasssäule zusammengekauert. „Toll gemacht! Ganz toll!“, bellte ich ihn an.

„Hey, wer hat denn die Flasche aus meiner Jacke gezogen und rumkrakeelt? Ich etwa? Apropos Flasche. Gib mal her.“

„Die ist drinnen.“

„Wo?“

„Da drinnen.“ Zornig deutete ich in Richtung des Bistros.

„Scheiße. Und jetzt?“

„Du kannst sie ja holen. Ich hab Lokalverbot.“ Kanonen-Robert glotzte mich an wie ein Twingo, wandte sich mit einer Drehung ab und deutete mit ausladenden Gesten in die entgegengesetzte Richtung. „Hier gibt's eine super Trinkhalle. Da gehen wir jetzt hin und reden weiter.“ Dann strich er sich mit einem Taschentuch über die Halbglatze und marschierte los. Er glotzte nicht nur wie ein Twingo, auch sein Verdeck war offen.

„Kannst du mir was leihen?“

„Leck mich!“

„Kriegst du morgen wieder. Versprochen.“

„Weißt du, was ich eben in dem Café gelassen habe? Zwanzig Euro!“

„Sag ich doch. Der Laden ist schweineteuer. Was meinst du, warum ich die Flasche Weinbrand dabei hatte.“ Bevor ich laut losbrüllen konnte, übernahm der Kioskbesitzer das Kommando. „Isch wadd nett ewisch.“ Dabei zog er drohend an dem Rollo seines Verkaufstresens. Jederzeit bereit, dieses Gespräch für immer zu beenden.

„Zwei Kaffee“, sagte ich gereizt.

„Und zweimal Chantré“, fügte Kanonen-Robert aus dem Off hinzu. Der Stuntman verschwand mit den dampfenden Kaffeebechern hinter dem Wellplastikverschlag und wartete geduldig auf den Schnaps. Ich zahlte widerwillig und knallte die beiden Flachmänner auf den Bistrotisch. Er nickte dankbar und streckte mir zum Zeichen der Versöhnung sein Kippenpäckchen entgegen.

„Da ist keine mehr drin.“

„Oh, hast du mal eine für mich?“

Der Wille zählt, dachte ich und kramte meine Zigaretten aus der Manteltasche. Außerdem hatte ich keine anderen Freunde. Von den Jungs aus dem *Bad Vibes* mal abgesehen, doch was nutzte das schon. Ebenso konnte man Äpfel mit Äpfeln vergleichen. Das Ergebnis war immer dasselbe. Äpfel. Scheiß Äpfel.

„Jetzt erzähl noch mal von vorn. Wie ist das gelaufen gestern Nacht?“ Obwohl ich ihn bereits auf dem Weg zu diesem bescheuerten Café auf den neuesten Stand gebracht hatte, wiederholte ich geduldig die Ereignisse der vergangenen Nacht.

„Kommt mir irgendwie bekannt vor“, sagte er und nahm einen großen Schluck aus seinem Becher. An dieser Stelle waren wir schon mal. Aber so ist das im Leben. Wiederholung, Wiederholung, Wiederholung.

„Was kommt dir bekannt vor?“

„Na, überleg doch mal. Ist doch alles wie beim letzten Mal. Erst sitzt du stundenlang in deinem Volvo vor irgendeiner verkackten Villa, bis schließlich jemand, den du nicht kennst, direkt vor deiner Nase umgepustet wird. Was dir fehlt, ist Abwechslung.“

„Ich weiß, mein Leben ist stinklangweilig. Alles wiederholt sich ständig.“

„Immerhin hast du diesmal keinen Ärger mit den Bullen.“

„Ja, aber ich darf die Stadt nicht verlassen.“

„Wo würdest du denn hin wollen?“

„Keine Ahnung, aber darum geht's doch gar nicht. Fakt ist, dass sie mich zwingen, hierzubleiben.“

„Na und?“

„Hier geht's ums Prinzip. Um die Möglichkeit. Die Freiheit, abzuhauen, wann immer ich will. Scheiße, das verstehst du eh nicht.“

„Doch. Du willst abhauen. Gibst du mir vorher noch `ne Kippe?“

Wiederholung. Wiederholung. Wiederholung.

Zu Hause, in meinem Büro, wurde es in meinem Kopf wieder klarer. Unterredungen mit Kanonen-Robert, so sinnlos sie auch erscheinen mochten, hatten immer diesen Effekt. Teuer, aber ergebnisorientiert. Ich kochte mir einen richtigen Kaffee, schnappte mir einen Kuli und schrieb alles, was sich bisher im Zusammenhang mit dem Fall *Sarah Morgentau* abgespielt hatte, auf die Rückseite eines Pizzaflyers. Wenige Augenblicke später betrachtete ich meine Aufzeichnungen. Drei Stichworte. Versehen mit drei Fragezeichen. Der Tote, der Mercedes und der Stalker. Ich entschied mich dafür, mit der Todesschützin zu beginnen. Und irgendwann mit Sandy reden. Dringend.

Zwei Frauen, zwei Probleme, dachte ich. Bis dahin ging die Rechnung auf.

Der Streifenwagen parkte immer noch vor der Villa des Topmodels. Offensichtlich hielt man es für nötig, noch ein wenig auf Miss Lerchesberg aufzupassen. Warum auch immer. Jedenfalls war die Bewachung der Villa kompletter Unfug. Mit Sicherheit würde der Stalker in nächster Zeit einen großen Bogen um sie machen. Soviel war klar.

Ich parkte den Volvo zwei Straßen weiter und kletterte so vorsichtig es ging über den Zaun in den Garten. Die Terrassentür war zu meinem Glück noch nicht repariert worden. Mich wunderte, dass an dieser Stelle nicht gleich die Schweizer Garde oder wenigstens Bruce Willis postiert war. Ein privater Sicherheitsdienst war offensichtlich nicht im Budget. Ich drückte die Tür mit dem Zeigefinger auf und schlüpfte ungesehen in den Salon. Niemand erwartete mich. Auf dem Couchtisch standen noch die halb gefüllten Rotweingläser der vergangenen Nacht neben einer Vase mit durstigen Blumen. Im Kamin loderte ein wärmendes Feuer. Eine Ecke des Orientteppichs war umgeschlagen. Darunter hatte sich das Blut des Opfers für alle Zeiten in die Ritzen des Fischgrätparketts gesogen. Schöner sterben, dachte ich. Auch mal eine Idee für eine Zeitschrift. Weil ich noch eine Weile zu leben gedachte, rief ich mit lauter Stimme nach der Gastgeberin. Zur Sicherheit schickte ich meinen Namen hinterher, um nicht gleich von der schießwütigen Lara Croft niedergestreckt zu werden. Im oberen Stockwerk begann es leise zu rumpeln. Ich wandte mich der Treppe zu und blickte erwartungsfroh nach oben. Zuerst erschienen zwei schwarze Stiefel auf den Treppenstufen, gefolgt von einem röhrenartigen Kleid und einem Gürtel von der Breite eines Fahrradweges. Eine lange silberne Kette mit allerlei massivem Schnickschnack baumelte meiner Klientin wie eine Rolle Natodraht vor der Brust. Ich nickte dem Model mit offenem Mund zu, und versuchte so etwas ähnliches wie ein mitfühlendes Lächeln in mein Gesicht zu bringen, scheiterte aber kläglich.

„Sie?", eröffnete Sarah Morgentau mit gespielter Überraschung das Gespräch.

„Ja, ich", sagte ich und schaute ihr abwartend in die kajalgeschwärzten Augen.

„Was wollen Sie?", fragte sie mit leicht genervter Stimme.

„Was ich will?", wiederholte ich die Frage. „Sie haben mich doch engagiert. Da wollte ich mal fragen, wie es jetzt weiter geht."

„Wie, wie es weitergeht? Es geht gar nicht weiter. Ändi ist tot. Wie soll es da weitergehen?" Soso, Mister Raffaello hieß also Ändi. Kein schöner Name, aber auch kein Grund, ihn gleich zu erschießen? „Das hab ich gesehen", sagte ich und lenkte meine Gedanken wieder auf das Wesentliche.

„Warum haben Sie es dann nicht verhindert, Sie Idiot? Wofür habe ich Sie eigentlich bezahlt?", giftete sie mich an.

„Wer hat ihn denn erschossen? Ich vielleicht?", konterte ich die unerwartete Attacke. Das Model brach augenblicklich in Tränen aus. Schwarze Rinnsale bahnten sich ihren Weg über gepuderte Wangen. Die Silberkette schaukelte ausladend vor ihrem Körper hin und her. Mein Mitleid hielt sich in Grenzen. Ich schnappte mir eines der beiden Rotweingläser vom Tisch und trank es aus. Wie zu erwarten kein schlechter Tropfen. Dann zündete ich mir eine Kippe an und wartete geduldig ab, bis sich Miss Morgentau wieder im Griff hatte. „Gehen Sie", schluchzte sie.

„Gleich", sagte ich und blieb.

„Was wollen Sie denn noch von mir? Sehen Sie denn nicht,

wie's mir geht?" Gut genug für ein perfektes Styling, dachte ich und drückte die Zigarette in einem monströsen Glasaschenbecher aus. „Ein paar Informationen wären nicht schlecht", sagte ich schließlich in die entstandene Pause hinein. „Woher hatten Sie die Waffe?"

„Das ist doch vollkommen egal. Hier in der Gegend hat jeder eine Waffe. Wissen Sie, wie oft hier eingebrochen wird?"

„Keine Ahnung, ich wohne im Ostend."

„Sie haben keine Ahnung und werden vermutlich auch nie eine haben. Verschwinden Sie jetzt, oder ich lasse Sie rausschmeißen. Ihr Auftrag hat sich erledigt. Genug Geld haben Sie ja bekommen." Sie zog mich an der Jacke in den Flur und öffnete die Haustür. „Den Rest können Sie mit denen besprechen." Dabei zeigte sie mit ausgestreckten Fingern auf den Streifenwagen vor ihrem Haus. „Die hören Ihnen bestimmt gerne zu." Dann drehte sie sich um und ließ mich im Hauseingang zurück. Ich schaute ihr nach und entdeckte auf einer Ablage über der Garderobe das ungeöffnete Paket des Stalkers. Einem kühnen Reflex folgend griff ich zu, verstaute den Karton unter meinem Mantel und ging. Sandy würde sich bestimmt über ein paar Pralinen freuen.

Die Türen des Streifenwagens öffneten sich so synchron wie die Schwingen eines Raubvogels. Zwei uniformierte Polizisten entstiegen dem Wagen und kamen auf mich zu. Ich salutierte pflichtbewusst und ging eiligen Schrittes an ihnen vorbei.

„Halt! Stehenbleiben!", rief mir einer der beiden nach.

„Wieso? War ich zu schnell?"

„Witzbold. Ihren Ausweis." Wie ich diesen Ton hasste. „Möchten Sie einen Blick drauf werfen?", fragte ich mit honigsüßer Stimme und hielt ihnen das abgegriffene Plastikkärtchen entgegen.

„Was wollten Sie bei Frau Morgentau, Herr Bratfisch?"

„Herausfinden, was Sie von mir wollte", antwortete ich kryptisch und nahm meinen Ausweis wieder an mich. „Leider bin ich kläglich gescheitert. Aber machen Sie sich keine Sorgen um mich. Darin bin ich Experte." Mit diesen Worten ließ ich sie stehen und setzte meinen Weg fort. Überraschenderweise schossen sie mir nicht in den Rücken.

Fünf

„Jetzt lasst mich rein, verdammt", brüllte ich und trommelte mit den Fäusten gegen die verriegelte Kneipentür des *Bad Vibes*. Der Laden war verschlossen, obwohl drinnen das blühende Leben tobte. Neben der Tür hing ein Schild, auf dem mit rotem Edding „Zutritt nur für Mitglieder" zu lesen war. Jahrelang hatte ich mich erfolgreich gegen jedwede Mitgliedschaft wehren können. Kirche, Vereine und Parteien geschickt umschifft, und jetzt mit Ende dreißig sollte ich plötzlich Mitglied der eigenen Stammkneipe werden. Was waren das für Zeiten? Ich drückte mein Gesicht gegen die Scheibe und lugte in den Schankraum. Dichte Rauchschwaden umwaberten die Bar. Vor dem Tresen tummelten sich Heerscharen fremder Menschen. War das ein neuer Szenetreff, oder gab es hier Freibier? Und warum wusste ich nichts davon? Ärgerlich hämmerte ich erneut gegen die Tür. Kanonen-Roberts Halbglatze löste sich aus dem Nebel und tauchte hinter dem nikotingelben Glas auf wie eine Marienerscheinung. Ich rang mir ein paar flehentliche Gesten ab. Dann ertönte ein Summer, und die Tür schwang auf.

„Kann mir mal einer erklären, was hier los ist?"

„Siehst du doch. Ist ordentlich was los." Ich schob den Stuntman zur Seite und bahnte mir eine Schneise zur Theke. Sandy zapfte im Akkord. Als sie mich entdeckte, warf sie mir ohne weitere Begrüßungsfloskeln ein Spültuch zu und verdonnerte mich zum Abwasch. Meine fragenden Blicke wurden mit klaren Anweisungen gekontert. „Auf! Ich brauche Gläser. Und dann vier Obstler, zwei Kristall und drei große Saure für die

Jungs da hinten." Dabei deutete sie vage durch die Dunstschwaden.

„Ich denke, ich hab Lokalverbot?"

„Jetzt, wo du hier bist, kannst du auch was Sinnvolles machen." Auch wieder wahr, dachte ich und legte los. Die nächsten Stunden vergingen wie im Flug. Ich zapfte ein paar Hektoliter Bier, füllte Batterien kleiner Schnapsgläser und leerte Aschenbecher, als hätte ich nie etwas anderes getan. Alles wie früher, dachte ich und rauchte, ohne dass es von irgendwem kommentiert wurde. Selbst Sandy hatte mir mehrfach zugezwinkert. Zumindest glaubte ich das, denn mittlerweile fiel es selbst mir schwer, die Augen in dieser Luft offen zu halten. Gegen vier entspannte sich die Situation. Das *Bad Vibes* leerte sich. Nur noch vereinzelt rüttelte es verzweifelt von draußen an der Tür. Um fünf waren schließlich nur noch Kanonen-Robert, Harald und Jürgen körperlich anwesend. Die Stammbesetzung, in guten wie in schlechten Zeiten. Der Stuntman hing über dem Tresen wie ein nasses Badetuch. Aus seiner Faust dampfte der Qualm einer vergessenen Zigarette. Auch bei Harald und Jürgen waren die Lichter seit geraumer Zeit aus. Ich lehnte mich erschöpft gegen Sandy und streichelte ihr sanft über den Hintern. „Alles wieder gut?" fragte ich leise.

„Sieht so aus", antwortete sie mit einem Lächeln.

„Was sollte der ganze Scheiß eigentlich? Ich meine die Sache mit dem Nichtrauchen, das Lokalverbot und dann diese Party heute Nacht?"

„Ich hatte einfach Angst. Ich hab doch nichts abgesehen von der Kneipe. Ich hab halt gedacht, ihr kommt nie wieder, wenn man hier nicht mehr rauchen darf. Und dann brichst ausgerechnet du dein Versprechen."

„Kanonen-Robert hat auch geraucht."

„Robert kann von mir aus machen, was er will. Und dann

läufst du auch noch nächtelang diesem Hungerhaken hinterher."

„Du meinst Sarah Morgentau?"

„Ich meine das Bügelbrett."

„Schon gut", sagte ich, um das Thema nicht weiter zu strapazieren. „Aber der heutige Abend passt nicht ganz ins Konzept einer Nichtraucherkneipe."

„Stimmt", sagte sie und lächelte glücklich. „Das ist jetzt auch keine Kneipe mehr, das ist ein Verein. Ein Verein für Rauchkultur."

„Ich war schon immer sehr an Kultur interessiert", sagte ich und trank einen letzten Schluck Bier.

„Nur an Kultur?", fragte Sandy und ließ ihre Hand in meine Hosentasche gleiten.

„Nicht nur", stammelte ich nervös.

„Gut, dann lass uns gehen."

„Und was machen wir mit denen?"

Sandy goss ein abgestandenes Pils über Kanonen-Roberts qualmende Faust und löschte das Licht. Der Stuntman zeigte keinerlei Reaktion. Mit einem leisen Zischen erlosch die letzte Zigarette des Abends. „Die lassen wir hier", sagte sie. „Die Putzfrau kann ihnen nachher aufmachen."

Eng umschlungen stahlen wir uns durch die ausgestorbenen Straßen davon.

„Kaffee?"

„Hmmh."

Sandy schob mir einen fleckigen Keramikpott mit dem Schriftzug einer längst vergessenen Metal-Band zu. Ich klammerte mich wärmesuchend daran fest und schlürfte geräuschvoll den Milchschaum vom Becherrand. „Was hast du heute vor?", fragte Sandy.

„Keine Ahnung."

„Dann kannst du mir in der Kneipe helfen. Heute ist bestimmt noch mehr los als gestern."

„Eigentlich wollte ich arbeiten."

„Ich denke, dein Fall ist abgeschlossen?"

„Nicht für mich. Ich weiß ja nicht mal, wer dieser Ändi überhaupt war. Außerdem wurde ich beauftragt, den Stalker zu finden, und genau das werde ich auch tun."

„Das bringt doch nichts."

„Mir schon. Das ist mein erster Fall, und den werde ich aufklären. Restlos. Nichts ist geschäftsschädigender als schlechte Presse."

„Du wurdest doch gar nicht in der Zeitung erwähnt."

„Gar keine Presse ist auch schlechte Presse!"

„Wenn du meinst. Kannst du mir grad mal mit der Kette helfen?" Sandy hatte sich umgezogen. Über ihrem schwarzen Ledermini baumelte ein breiter Nietengürtel. Dazu trug sie ein olivfarbenes T-Shirt mit zwei sich gegenüberstehenden Panzern und der Aufschrift „Waldorfschule". Meine Liebe zu ihr war ungebrochen. „Ich muss dann los", sagte sie und gab mir einen flüchtigen Kuss auf die Wange. „Gibt noch 'ne Menge zu erledigen wegen des Vereins. Und vergiss nicht, den Mitgliedsantrag zu unterschreiben. Liegt auf dem Küchentisch."

Ich trank den Kaffee aus und packte meine Siebensachen. Neben dem ausgefüllten Antragsformular lag das Paket des Stalkers. Ich kramte mein Taschenmesser aus der Jacke und ritzte die Falz auf. Ein weiteres Paket kam zum Vorschein. Sorgsam eingewickelt in goldenes Geschenkpapier. Was sich darunter verbarg ließ sich nicht ertasten. Egal, dachte ich und platzierte es auf dem Küchentisch. Es war ein Geschenk. Gedacht für eine Frau. Was auch immer darin war, Sandy würde sich bestimmt darüber freuen. Und ich hatte etwas gutzumachen. In einer Beziehung hat man das immer.

Der morgendliche Zeitungsunrat war voll mit den Ereignissen der vergangenen Nacht. Die Revolverblätter stürzten sich mit einer Mischung aus Sensationsgier und geheuchelter Empathie auf den Tod des bekannten TV-Produzenten Andy Schlegl.

„Stalking-Opfer trifft den Falschen. Tragischer Liebestod am Lerchesberg", titelte die BILD-Zeitung in gewohnter Ignoranz der Fakten. Ich blätterte mich zielstrebig durch die Artikel und filterte mir wichtig erscheinende Informationen aus einem Meer von Lügen. Die systematische Durchsicht der Frankfurter Tagespresse füllten zwei Seiten meines Notizblocks. Auf der ersten stand nichts, was ich nicht schon vorher wusste. Sarah Morgentau (24), Gewinnerin der Castingshow *Catwalk Calling*, erschießt, oder wie es die Zeitungen eine Spur lebendiger ausdrückten, tötet „in dramatischem Kampf um Leib und Leben" den eigenen Freund und Förderer Andy Schlegl.

Die zweite Seite war allein den Neuigkeiten vorbehalten. Andy Schlegl (42) hieß tatsächlich Andy und wurde hartnäkkig mit „Y", aber ohne „Ä" geschrieben. Ein Umstand, an den ich mich erst gewöhnen musste. Der Erfolgsproduzent und Quotenkönig *(Sex im Office, Volle Teller für halbe Portionen Promis kochen für Hartz-IV-Empfänger)* hatte das aufstrebende Talent des deutschen Fernsehens bis hinein ins Schlafzimmer protegiert. Einige Journalisten wollten sogar von einer geplanten Hochzeit auf den Malediven gewusst haben. Ein Mann, der bislang immer zur richtigen Zeit am richtigen Ort war. Bis auf dieses eine Mal. Über den Stalker kein einziges Wort. Stattdessen sprach man von einem schwerbewaffneten Einbrecher, der sich auf brutalst mögliche Weise Zugang zu der abgeschirmten Privatvilla verschafft hatte. Das Ganze wurde von dem immer gleichen Bild untermalt. Eine schemenhafte Fotografie sich balgender Körper im gleißenden Licht zweier Taschenlampen. Und ich hatte die Autonummer des Fotografen.

Ich klebte meine Notizen nebst der Fotografie mit Tesafilm an den Hängeschrank über die Spüle, setzte mich davor und zündete mir eine Zigarette an. Eine Weile passierte nichts, bis ein Klopfen meinen Gedankenfluss unterbrach. Eigentlich war es eher ein zartes Gedankenrinnsal, aber auch Rinnsale wollen fließen. Ärgerlich stand ich auf und wandte mich der Tür zu. Ich öffnete und blickte in die Augen von Freunden. Freunden und Helfern.

„Wir dürfen doch reinkommen!“, sagte der Bulle im Survivaloutfit, ohne dass es sich wie eine Frage anhörte. Entschlossen drängelte er sich an mir vorbei. Seine Kollegin folgte ihm mit einem kurzen Nicken.

„Kaffee? Kekse?“ Als Gastgeber war mir nichts vorzuwerfen.

„Nein. Sie wissen, warum wir hier sind.“

„Die schöne Aussicht? Die gute Luft?“, schlug ich vor.

„Witzbold“, konterte mein schlecht gelauntes Gegenüber und hatte recht. Die Aussicht war miserabel, und ich hatte gar keine Kekse. Da beide schon saßen, bot ich mir selbst einen Stuhl an und wartete geduldig ab.

„Was wollten Sie gestern Nachmittag bei Frau Morgentau?“, platzte es schließlich aus dem Marathon-Kommissar mit der giftgrünen Jacke. Nicht jeder kann Stille aushalten.

„Warum fragen Sie sie nicht selbst?“, sagte ich, weil es zum kleinen Einmaleins aller Privatdetektive gehört, unangenehme Fragen sofort mit Gegenfragen zu retournieren.

„Das überlassen Sie mal uns. Also, was?“

Nicht immer geht diese Taktik auf, aber ich war noch lange nicht am Ende. Was ich jetzt brauchte, war Zeit. Ich angelte mir eine neue Zigarette aus dem zerknautschten Päckchen in meiner Jacke und füllte den Raum mit tödlichem Dunst. „Habe ich eigentlich schon Ihre Ausweise gesehen? Oder haben Sie sich vorgestellt? Am Ende sind Sie gar nicht von der Polizei. Man liest ja ständig solche Sachen. Unbescholtener Bürger von falschen Polizisten im eigenen Büro überfallen und …"

„Schnauze!"

„Angenehm, Bratfisch." Ich streckte ihm eine offene Hand entgegen. Nur eine harmlose Geste. Aber das Todesurteil für meine Kaffeemaschine. Der Bulle fegte sie in hohem Bogen von der Anrichten. Zu meinem Erstaunen blieb die Kanne unversehrt. Erst mehrere Fußtritte gaben ihr den Rest. Herr Schnauze war pissed. Jetzt übernahm die Frau das Kommando. Die Kommissarin stand auf und zückte ein grünes Kärtchen aus ihrem Mantel. „Schneider, Kriminalhauptkommissarin", sagte sie mit einer Stimme, die ohne jegliche persönliche Note auskam. „Und das ist meine Kollege, Kommissar Blechschmidt." Damit war schon mal klar, wer hier das Sagen hatte. „Wir sind gekommen, um Ihnen mitzuteilen, dass Sie von weiteren Besuchen bei Frau Morgentau Abstand zu nehmen haben. Das ist keine Bitte, sondern eine Anweisung", fügte sie der Verständlichkeit halber hinzu. Ich nickte ergeben. „Und die Sache mit dem Stalker überlassen Sie bitte ebenfalls uns." Jetzt war es doch gefallen. Das magische Wort „bitte". Wo immer es herkam, ich empfing es mit offenen Armen und ignorierte den Rest. „Wird gemacht", log ich und verzog dabei keine Miene.

„Das wollen wir hoffen, sonst trinken Sie den nächsten Kaffee bei uns."

„Hier geht ja auch nicht mehr", konterte ich und blickte mitleidig auf den Plastikschrott zu meinen Füßen.

„Sie werden's verkraften." Sprach's, drehte sich um und trat mitsamt der giftgrünen Gestalt in Gore-tex den geordneten Rückzug an.

„Sie finden alleine raus?", antwortete ich mit gut dreißig Sekunden Verzögerung in die von ihr hinterlassene Lücke des Raumes. Niemand ging darauf ein.

Sechs

„Jetzt hören Sie mir doch zu ... Ja, es ist ein Notfall ... Sage ich doch, die hab ich verloren ... Genau, und deshalb brauche ich jetzt die Adresse ..." Ich klemmte den Hörer zwischen Schulter und Ohr und gönnte mir ein Glas Geduld auf Eis. Vier Zentiliter Chantré mit einem Schuss Cola und die Welt konnte mir nichts anhaben. „... F, Strich SC, drei sieben fünf acht ... Haben Sie das?" Ich schickte ein paar flehentliche Bitten hinterher, streute ein paar Formulierungen wie „Retterin in höchster Not" und „Engel des allgemeinen Versicherungswesens" in mein Geschwafel, doch eher ließ sich eine Betonwand erweichen, als diese dämliche Schnatze von der Zentrale deutscher Autoversicherer. Gut, die Story meines angeblichen Unfalls war von vorne bis hinten erlogen, aber das konnte dieser minderbemittelten Telefontussi mit schwäbischem Akzent am Arschgeweih vorbeigehen. „Von mir erfährt es bestimmt keiner ...", flötete ich. „... Nein, die Versicherungsnummer des Teilnehmers nützt mir nichts. Ich brauche Namen und Anschrift!" Langsam begann mir das Gespräch zu entgleiten. Auch die Geduld in meinem Glas neigte sich bedrohlich dem Ende zu. Fünf Minuten sechsunddreißig, zeigte das Display auf dem Hörer an, und mit jeder weiteren Sekunde schwand die Hoffnung, anhand der Autonummer des schwarzen Mercedes doch noch herauszufinden, wer der Fahrzeughalter war. Schlussendlich landete ich in der Warteschleife. „The Winner takes it all", trällerten Abba. Die nachfolgende Textzeile war dann wohl mir vorbehalten.

Wutentbrannt knallte ich den Hörer auf die Gabel und

füllte mein Glas mit Toleranz und Nachgiebigkeit. Acht Zentiliter Chantré. Ohne Cola. „Dumme Schwabentrulla!“, fauchte ich und trank es in einem Zug leer. Dann richtete sich der Zorn gegen mich selbst. „Spitzendetektiv! Zu doof, aus einer Autonummer einen Namen zu machen.“ Schlecht gelaunt kippte ich Hochprozentiges auf schmelzende Eiswürfel. Der Alkohol tat seine Wirkung. Mit dem Rauch einiger Zigaretten verflüchtigte sich der Groll und wich kreativer Untätigkeit. Mein Kopf wurde schwerer und schwerer, sank schließlich langsam nach vorne und bettete sich auf bereitliegende Arme. Folge den Signalen deines Körpers, dachte ich und schlief binnen dieses Gedankens tief ein.

Als ich aufwachte, siedelte ein ganzer Ameisenstamm in meinem rechten Unterarm. Ich schüttelte das blutleere Gliedmaß wieder lebendig und gönnte mir einen Schluck aus der Flasche. Danach griff ich erneut zum Hörer und wählte die Nummer der Auskunft. Kurz darauf hatte ich die Nummer von Clemens und Manni, denen ich vor einem Jahr mal aus der Patsche geholfen hatte. Damals waren sie noch nicht volljährig und programmierten Computerspiele mit so denkwürdigen Namen wie *Atomic-Titten* oder *Panza-Inferno.* Heute waren sie Inhaber einer eigenen Firma mit Sitz im Westend. Und verfügten über eine Sekretärin, wie ich gleich feststellen sollte.

„Iesoluschensdottkomm, mein Name ist Sophia Perotta. Wie kann ich Ihnen helfen?“

„Ich wollte eigentlich mit Manni oder Clemens sprechen.“

„In welcher Angelegenheit?“

„Privat.“

„Und wen darf ich melden?“

„Bratfisch“, sagte ich und wartete auf einen dummen Kommentar. Wider Erwarten blieb er aus.

„Momentchen, ich stell durch."
Das Leben kann so einfach sein.

Im Westend befinden sich die meisten Parkplätze in privater Hand. Wer hier einen Platz für sein Auto gefunden hat, gibt ihn in diesem Leben nicht wieder her. Ein Mercedes SL aus den frühen Siebzigern und ein betagter Jaguar festigten diese These, waren sie doch von einer dicken Laubschicht bedeckt. Ich steuerte den Volvo nun schon zum dritten Mal ums Karree, bis ich das rettende Schild entdeckte: „e-solutions.com Kundenparkplatz". Die Firma oder der Parkplatz: schwer zu sagen, was wertvoller war in dieser Gegend. Ich stellte den Volvo ab und schlüpfte durch ein automatisches Türsystem ins Foyer. Das Treppenhaus war zur Gänze mit Marmor ausgekleidet. Eine golden graviertes Firmenschild wies mir den Weg in den zweiten Stock. Darunter residierte ein stadtbekannter Rechtsanwalt. Sophia Perotta empfing mich mit einem warmen Lächeln. Ihr Anblick raubte mir den Atem. „Herr Bratfisch, wie schön", sagte sie und gab mit einer hoffähigen Geste ihrem überaus figurbetonten Rock den letzten Schliff. „Sie werden bereits erwartet."

Ich folgte dem Wink einer mit Geschmeide reich besetzten Hand und lief direkt gegen eine Wand. Erst im zweiten Anlauf traf ich die Lücke. „Danke", murmelte ich verlegen und trat ein. Das Herzstück des dahinter liegenden Büros bildete ein Tischkicker, über den sich Manni und Clemens beugten wie Chirurgen bei einer komplizierten OP.

„Grüß dich, Kurt", sagte Manni und versenkte den Ball ansatzlos mit dem linken Verteidiger im Tor. Ein Videobeamer projizierte den neuen Spielstand auf eine bundesligataugliche Anzeigetafel an der Wand gegenüber.

„Alle Achtung", staunte ich.

„Kein schlechter Schuss“, pflichtete Clemens mir bei.

„Ich meinte eher das Büro“, sagte ich und deutete vage um mich. „Und das.“ Mein Zeigefinger blieb an der übergroßen Spielstandanzeige hängen. Im selben Moment stöckelte Sophia Perotta durch die Tür und stellte ein Tablett mit Kaffee und kleinen Erfrischungsgetränken auf einen viel zu niedrigen Tisch. Der Anblick ihres apfelförmigen Pos brannte sich tief in mein Hirn. So plötzlich wie sie kam, verschwand sie leider auch wieder. Mein Finger folgte ihr wie eine Magnetnadel. „Das auch“, stammelte ich.

„Ja, Sophia ist wirklich ein Schatz“, sagte Manni und schnappte sich eine Cola.

„Stimmt“, fügte Clemens hinzu. „Ist nicht gerade einfach, Personal mit Qualität zu finden.“

„Jaja“, sagte ich und dachte an die Qualität ihres Hinterteils.

„Spielchen gefällig?“, fragte Manni und deutete auf den Tischkicker.

„Nein, danke. Ich bin zu alt für Spielchen. Außerdem hab ich wenig Zeit.“

„Zeit ist der natürliche Feind der Kreativität“, faselte Manni und parkte seinen massigen Leib auf einem Designersitzsack. „Die besten Ideen hat man nur in Momenten vollkommener Entspannung. Ohne diesen Tischkicker wären wir lange nicht da, wo wir jetzt sind.“ Ich nickte zustimmend, um die Sache nicht allzu sehr in die Länge zu ziehen. Wenn ich diesen Quatsch ernst nehmen würde, bräuchte ich einen Tresen mit Zapfanlage in meinem Büro. „Könnt ihr mit euren Rechnern herausfinden, wer der Halter dieser Karre ist?“ Ich reichte Manni einen gefalteten Zettel.

„Kein Problem.“ Manni übergab den Zettel an Clemens, der sich routiniert durch den virtuellen Dschungel klickte.

„Der Wagen ist auf eine Agentur im Kettenhofweg zugelassen."

„Das ist gleich um die Ecke. Kann ich den Volvo solange bei euch stehen lassen?"

„Unser Parkplatz ist dein Parkplatz", sagte Manni und deutete eine Verbeugung an.

Ich erwiderte die Geste und ritt in den Sonnenuntergang.

Ich fand den schwarzen Mercedes im Hof der Agentur *Snapshot.* Da ich keine Lust hatte, mir die Beine in den Bauch zu stehen, nestelte ich so lange am Griff der Fahrertür herum, bis die Alarmanlage ansprang und mich lautstark ankündigte. Lange musste ich nicht warten, bis die Haustür aufsprang und ein bulliger Südländer mit tief ins Gesicht gezogener Baseballkappe dem jammernden Fahrzeug entgegenstürmte. Er trug eine Jeans mit Löchern an Stellen wo Jeans eigentlich keine Löcher bekommen können. Der schwarze Lederblouson spannte sich eng über seinen Brustkorb. Ich trat aus dem Schatten der Hofmauer und schaute ihm fest in die Augen. Der Mercedes blinzelte freudig erregt mit der Warnblinkanlage, als er seinen Besitzer erkannte. Ein Druck auf den Schlüssel beendete die überschwängliche Begrüßung.

„Was willst du?" knurrte mich der Südländer an.

„Nur 'ne kleine Auskunft."

„Verpiss dich!"

„Das werde ich tun. Aber vorher will ich noch ein paar Fragen loswerden. Warum waren Sie gestern Nacht am Lerchesberg?"

„Hast du nicht verstanden? Du sollst dich verpissen!"

„Doch. Sie haben jetzt keine Zeit, sind sehr beschäftigt und wollen ihre Ruhe. Fünf Minuten, länger wird es nicht dauern. Zwei kleine Fragen, und ich bin sofort wieder weg. Versprochen."

Zum Zeichen meines guten Willens bot ich ihm eine Zigarette an. Er schlug mir das Päckchen geradewegs aus der Hand. Offensichtlich ein Nichtraucher. Wie man sich irren kann. „Lass mein Auto in Ruhe, und sieh zu, dass du Land gewinnst!“

Ohne ein weiteres Wort machte er auf dem Absatz kehrt. Das erneute Aufgellen der Alarmanlage überzeugte ihn, es sich doch noch mal anders zu überlegen.

„Finger weg!“

„Da waren wir schon mal.“

„Wer bist du?“ Eigentlich wollte ich die Fragen stellen, aber manchmal muss man Kompromisse machen.

„Ich bin Privatdetektiv“, sagte ich und versuchte dabei zu klingen wie die Synchronstimme von Clint Eastwood. „Mein Name tut nichts zur Sache. Sarah Morgentau ist meine Klientin. Sie wurde bedroht. Aus diesem Grund war ich gestern Nacht vor ihrem Haus. Genau wie Sie. Ihr Wagen stand direkt vor meinem. Und ausgerechnet in dieser Nacht erschießt unser Topmodel im Tumult den eigenen Lover. Und wir zwei sitzen in der ersten Reihe. Ist doch irgendwie komisch, oder?“

Mein Gegenüber nickte. „Komm mit“, flüsterte er verschwörerisch und machte ein paar Schritte in Richtung Hoftor. Ich folgte ihm willig. Dann gab er mir einen Stoß, knallte das Rolltor ins Schloss und legte den Riegel um. „Hau ab! Und lass dich hier nie wieder blicken!“ Sein ausgestreckter Mittelfinger war das Letzte, was ich von ihm sehen konnte, bevor er wieder im Haus verschwand. Ich griff in die Innentasche meiner Jacke. Leer. Natürlich. Meine Kippen lagen auf der falschen Seite des Stahlgitters. Widerwillig trat ich den Rückzug an. Kurz darauf kehrte ich mit dem Volvo zurück. Die Wartezeit überbrückte ich mit einem weiteren Telefongespräch.

„Hör zu, Manni. Ich brauch euch noch mal kurz. Diese Agentur, auf die der Mercedes zugelassen ist. Was sind das für Leute? Tu mir einen Gefallen und ruf mich zurück, wenn du irgendetwas rausgefunden hast."

„Kannst eigentlich gleich dran bleiben. Ich hab den Rechner noch laufen. Was willst du denn wissen?"

„Alles. Wem der Laden gehört. Was das für eine Agentur ist. Kontobewegungen, krumme Geschäfte, eben einfach alles."

„Moment." Im Hintergrund waren die spitzen Schreie einer Frau und laute, dumpfe Geräusche zu hören.

„Was ist denn bei euch los?"

„Sophia hat gerade einen Ball versenkt."

Ich fummelte ein neues Päckchen Zigaretten aus dem Handschuhfach und schnickte eine Kippe heraus. Beim Thema Versenken und Sophia kamen mir gänzlich andere Ideen.

„Ahmed Göktan", sagte Manni.

„Was?"

„Ahmed Göktan heißt der Inhaber. Die Agentur hat keine eigene Homepage, taucht aber immer mal wieder im Zusammenhang mit Promi-Events auf. Wenn du mich fragst, ist das einfach ein Paparazzo."

„Das ist ja schon mal was", sagte ich.

„Jaa, jaa!", schrie Sophia aus dem Off.

„Brauchst du noch mehr?"

„Jaa", sagte ich und hoffte, dass Sophia etwas davon mitbekam.

„Das kann ein bisschen dauern. Ich ruf dich später zurück." Bevor ich richtig in Fahrt kam, hatte Manni das Gespräch beendet.

Die Dunkelheit hatte sich über die Stadt gelegt wie eine schwere Wolldecke. Gut zwei Stunden waren vergangen, bis der Agenturchef endlich das Haus verließ und in seinen Wagen stieg. Der Mercedes tuckerte bedächtig den Kettenhofweg entlang Richtung Innenstadt. Es war nicht besonders schwer, ihm durch den zähfließenden Feierabendverkehr zu folgen. Für die Bockenheimer Landstraße brauchten wir eine geschlagene Viertelstunde. In der Ferne verschwanden die Rücklichter eines elektrischen Rollstuhls, der vor wenigen Minuten auf dem Fahrradweg rechts an mir vorbeigezogen war. Vor der Alten Oper nahm die Schleichfahrt dann ein jähes Ende. Der Mercedes setzte den Blinker und kurvte über den Fußgängerüberweg direkt auf den Opernplatz. In unmittelbarer Nähe des Brunnens kam er schließlich zum Stehen, als sei er gefeit vor den Abschleppdiensten dieser Stadt. Ahmed Göktan stieg aus, warf sich eine Tasche über die Schulter und verschwand mit schnellen Schritten aus meinem Blickfeld. Ich sah ihm entsetzt hinterher. Dann sprang die Ampel auf grün, und irgendjemand begann reflexartig zu hupen. Ich steuerte den Volvo um den Platz herum und ließ ihn an der Rückseite des Opernhauses im absoluten Halteverbot zurück. All meine Hoffnungen ruhten auf dem Schild „Notarzt im Einsatz". Zwei Euro auf dem Flohmarkt. In Frankfurt unbezahlbar.

Ich spurtete im Laufschritt über den Opernplatz, doch Ahmed Göktan war verschwunden.

Sieben

Vor dem Opernhaus tummelten sich die Massen. Menschen in kleine Gruppen verschmolzen zu Inseln in einem Meer aus Belanglosigkeiten. Börsenkurse und Hundefrisöre. Abteilungsbilanzen und Vertriebsstrukturen. Die Gesprächsthemen so banal wie die Garderobe. Legere Seidenschals und perfekt geknotete Krawatten. Bodenlange Mäntel über raschelnden Kleidern aus Pailletten und Brokat. Faustgroße Broschen und kunstvolle Schleifen. Lebende Weihnachtspakete. Allein der Inhalt vom Umtausch ausgeschlossen. Eine Demonstration von Wohlstand und schlechtem Geschmack. DEM WAHREN SCHOENEN GUTEN. So stand es in großen Lettern auf der Stirnseite der Alten Oper. Ironie muss bissig sein.

An den Rändern des Platzes warteten nur noch vereinzelte Personen mit wachsender Ungeduld auf ihre verspäteten Verabredungen. Nervöse Blicke, die zwischen den eigenen Chronometern und dem Uhrenwürfel der U-Bahn-Station hin und her wanderten wie bei einem Tennismatch. Der Rauch hastig inhalierter Zigaretten waberte durch die Luft.

In der Nähe des Brunnens lauerte ein pakistanischer Rosenverkäufer auf gute Geschäfte. Wenn er mit jeder Rose auch nur einen Euro verdiente, hatte er in den letzten Minuten gut und gerne zwei Blaue gemacht. Ich sah ihm neidisch zu. Von dem schwarzen Mercedes nahm niemand Notiz. Er fügte sich nahtlos in diese Umgebung ein. Mein rostiger Volvo hätte an gleicher Stelle keine Minute überlebt. Ich glotzte eine Weile planlos vor mich hin, bis sich die Portale der Oper öffneten. Die Massen strömten herein, und André Rieu bekam das Publikum, das er verdiente.

Der Pakistani zählte sein Kleingeld. Seine Bauchtasche wölbte sich wie ein Kängurubeutel unter der Last der Münzen über die beigefarbene Bundfaltenhose. Er grinste von einem Ohr zum anderen. Sein breites Lächeln offenbarte ein Gebiss, das jedem Kiefernorthopäden die Freudentränen in die Augen getrieben hätte. Eine private Krankenversicherung des Patienten mal vorausgesetzt. Die verbliebenen Rosen hatte er in eine alte Zeitung gewickelt. Als er den Mercedes passierte, kam ein bewundernder Pfiff über seine Lippen. Ich folgte ihm ein paar Meter, wandte mich dann nach links und suchte weiter nach dem Agenturchef. Irgendwo hier musste Ahmed Göktan stekken. Ich erkannte ihn an seiner Baseballkappe. Der Paparazzo kniete in einem unbewässerten Brunnen und klammerte sich an ein langes Teleobjektiv. Ich pirschte mich von hinten an ihn heran und folgte der Ausrichtung des Objektivs. Die Kamera zielte direkt ins gegenüberliegende Operncafé. Ein Luxusladen mit Pfeffermühlen, die der Frankfurter Skyline in nichts nachstanden. Die Gäste saßen und aßen im Schaufenster. Das war der Sinn des Ladens. Von Seeteufelmedaillons auf Safranschaum zu neunundzwanzigfünfzig mal abgesehen. Ich fokussierte meinen Blick auf die erste Tischreihe und entdeckte einen Kollegen von mir. Frankfurts berühmtesten Privatdetektiv aus dem zweiten Programm. Ein Fall für zwei, dachte ich und lenkte meinen Blick auf sein Gegenüber. Das junge blonde Ding fütterte ihn abwechselnd mit Cannelloni und heißen Küssen. Halb so alt und doppelt so groß wie mein Kollege. Der Serienheld angelte nach ihren Knien unter dem Bistrotisch und leckte sich den Safranschaum aus den Mundwinkeln. Leise zischte der Auslöser von Ahmed Göktans Kamera. Der Paparazzo hatte sein Opfer fest im Visier. Ich zündete mir eine Zigarette an und blies ihm den Rauch direkt vor die Linse. „Kommt mit Weichzeichner bestimmt besser“, sagte ich und wartete auf eine Reaktion. Er ließ sich nicht lange bitten. „Siehst du nicht, dass ich arbeite? Hau ab!"

„Ich sehe viel, aber mit dem Zweiten sieht man besser", sagte ich und illustrierte diese Bemerkung mit der entsprechenden Geste.

„Was willst du?", zischte er mir wütend zu.

„Das gleiche wie vorhin. Nur ein paar Antworten. Die Fragen sind bekannt."

„Ich rede nicht mit dir. Verpiss dich!"

„Mach ich", sagte ich gelangweilt. „Aber vorher geh ich da rein und erzähl den beiden ein bisschen was über das Recht am eigenen Bild." Ich stieg über den Brunnenrand und machte ein paar Schritte Richtung Café.

„Hey, warte mal."

Ich wartete.

„Komm zurück. Ich sag dir, was du wissen willst." Ich drehte mich um und blieb breit grinsend vor ihm stehen. „Na dann l..." sagte ich, als mich der erste Schlag hart in die Magengrube traf. „...os", vollendete ich das letzte Wort und kippte dem Paparazzo direkt vor die Füße. Aus dem Augenwinkel sah ich ihn weiter ausholen. Ich hatte nicht den Hauch einer Chance. Das Kameragehäuse krachte dumpf gegen meinen Schädel. Für einen Sekundenbruchteil hoben sich noch einmal meine Lider. Ein letzter Schnappschuss von Ahmed Göktans schmieriger Visage. Dann wurde meine Speicherkarte gelöscht. Die Mattscheibe versank in allumfassendem Schwarz. Kein Bild und Ton mehr vorhanden.

Ich war alleine, als ich die Augen aufschlug. Mein Kopf schrie nach einer Schachtel Aspirin und sehnte sich nach einem anderen Körper. Beide Wünsche blieben unerfüllt. Ich rappelte mich auf die Knie und zog mich langsam mit dem Oberkörper über den Brunnenrand. In dieser Stellung verharrte ich, bis sich das Großhirn wieder an sämtliche Stufen der körperlichen Entwicklung vom Krabbeln bis hin zum aufrechten Gang erinnern konnte. Damit war es eine Weile beschäftigt. Mein Kopf fühlte sich an wie eine Bowlingkugel. Mit unsicheren Schritten taperte ich benommen über den Opernplatz und umarmte ein Laterne. Der kalte gusseiserne Pfahl fühlte sich gut an.

Zurück im Volvo kramte ich den Flachmann aus dem Handschuhfach und trank, bis sich der Whisky wie ein flauschiger Teppich in mir ausbreitete und wieder Ruhe in meinen angeschlagenen Magen brachte. Als ich wieder Gefühl in den Fingerkuppen hatte, entfernte ich das Schild von der Windschutzscheibe. Notarzt im Einsatz. Das brachte es wirklich auf den Punkt. Dann drehte ich den Schlüssel und fuhr nach Hause, ins *Bad Vibes.*

Wie gestern war es erneut rappelvoll. Dichte Menschentrauben umlagerten die Bar und drängten sich bis in den hinteren Teil der Kneipe. Die Bässe einer neuen Soundanlage wummerten mit meinem Schädel um die Wette. Auf dem kleinen Podest am Ende des Tresenschlauchs stand ein Laptop. Der Ursprung dieses infernalischen Lärms. Dahinter ein junger Kerl, der, wenn ich das Plakat am Eingang richtig gedeutet hatte, unter dem Namen *DJ Demenz* firmierte. Er zappelte hektisch mit den Armen durch die Luft. Dazu schwang er seinen kahlrasierten Schädel wie eine Stadttaube auf Koks. Eine Schar junger Mädchen blickte bewundernd zu ihm auf. Die beiden alten Plattenspieler waren verschwunden. Ich quetschte mich durch die Massen und entdeckte Kanonen-Robert, der in einer Lücke zwischen Zigarettenautomat und Herrentoilette eine ökologische Nische für sich gefunden hatte. Unkraut gedeiht überall. Ich drängelte mich zu ihm durch und griff mir ein umherstehendes Bier. „Was ist das für eine Party?“, fragte ich und deutete vage in Richtung des Discjockeys. Der Stuntman glotzte mich mit großen Augen an und zuckte ahnungslos die Schultern. „OB DU WEISST, WAS DAS SOLL, HAB ICH DICH GEFRAGT!“ Wieder blieb die Frage unbeantwortet. Dann entdeckte ich die Watte in seinen Ohren. Ich packte den Stuntman am Ärmel und zog ihn zum Klo. Nachdem er sich von seinen Ohrstopfen befreit hatte, wiederholte ich die Frage.

„Sandy findet die Musik astrein. Der Typ ist total crazy. Normalerweise legt der nur in den angesagtesten Szeneclubs auf.“ Ich schüttelte entsetzt den Kopf. Als wenn hier irgendwer wüsste, welche Clubs dieser Stadt gerade angesagt sind. Kanonen-Robert schon gar nicht. Dieser Rauchervereinsquatsch ging mir langsam gehörig auf den Sack. Ich trank einen Schluck und steckte mir genervt eine Kippe an. „Und wo sind die Plattenspieler hin?“

„Keine Ahnung.“

„Scheiße.“

„Wer hat denn immer über die Musik gelästert? Du.“

„Das war keine Musik, das waren die Stones.“

„Die Stones sind Musik.“ Ich dachte an „Satisfaction“ und schüttelte fassungslos den Kopf.

„Und warum hast du dann Watte in den Ohren?“

„Ist beruflich. Wegen der Explosionen. Arbeitsschutz.“ Ich glaubte ihm kein Wort, wollte mich aber auch nicht streiten. „Schöne Scheiße“, sagte ich stattdessen und schmiss eine neue Runde Kippen. „Jetzt müssen wir unser Bier schon auf der Herrentoilette trinken.“

„Von mir aus können wir wieder rein.“

„Da versteht man aber sein eigenes Wort nicht. Auch ohne Watte. Außerdem hab ich Kopfschmerzen.“

„Mein Bier ist alle."

„Warte hier. Ich hol uns was." Ich ließ ihn stehen und klaute zwei frische Gläser Bier vom DJ-Pult. Beide waren noch fast voll. Kanonen-Robert stand am Pissoir, als ich mit der Beute zurückkehrte. Dem Plätschern nach hatte er schon einige Biere getrunken. „Beeil dich, dein Bier wird warm." Ich drückte ihm sein Glas in die Hand und kühlte mit dem anderen die faustgroße Beule an meinem Kopf.

„Prost", sagte der Stuntman. Ich nickte ihm zu und ließ das Bier, wo es war.

„Weh getan?"

„Kleiner Arbeitsunfall."

„Kenn ich. Immer noch die Geschichte mit dem Topmodel? Ich dachte, du bist aus der Nummer raus."

„Bin ich nicht."

„Sandy hat erzählt, dass dir das Model den Laufpass gegeben hat."

„Stimmt. Ist mir aber egal. Ich sollte den Stalker finden, und genau das werde ich tun. Das ist mein erster Fall. Keine tolle Werbung, wenn ich gleich die Flinte ins Korn werfe."

„Apropos Korn."

„Vergiss es."

„Also, ich würde aufhören, wenn mich meine Auftraggeberin darum bittet. Die Kohle hast du doch schon."

„Darauf kann ich im Moment keine Rücksicht nehmen. Außerdem ist Sarah Morgentau eine Frau."

„Und?"

„Kennst du eine Frau, die weiß, was sie will?"

„Auch wieder wahr."

Im selben Moment schwang die Klotür auf und eine Horde junger Kerle drückte sich an uns vorbei, den Pissbecken entgegen. Nach und nach verrichteten sie ihre Geschäfte und bahnten sich den Weg durch die enge Gasse der Herrentoilette zurück in den Schankraum. Ich musterte die vergnügungssüchtige Schar juveniler Schwachköpfe mit Abscheu und quetschte mich in die schmale Lücke zwischen Handtuchhalter und Waschbecken. Ein langhaariger Typ nickte mir beiläufig zu und ließ ein Zwanzig-Cent-Stück auf die Untertasse, die wir als Aschenbecher benutzten, fallen. Die Münze kreiselte eine Weile ziellos vor sich hin, bis sie schließlich zur Seite kippte und liegen blieb. Ich schloss die Augen und wünschte mich in eine andere Galaxie. Als ich sie wieder öffnete, waren das Geld und der Stuntman verschwunden.

Der Abend endete am frühen Morgen. Ich spülte Gläser, während Sandy sich um die Kasse kümmerte. Damit war sie eine Weile beschäftigt. Der Laden brummte und warf zum ersten Mal richtig was ab. Auf dem Nachhauseweg kippte Sandy die Einnahmen in den Nachttresor der Sparkasse. Verkehrte Welt, dachte ich, der Banken nur vom Geld abheben her kannte. Ihre Augen glänzten vor Stolz. Meine waren trüber als Mainwasser. Ich war hundemüde und fühlte mich elend. Der Niederschlag des schlagfertigen Paparazzos steckte mir noch hart in den Knochen. Bier und Schnaps garnierten den Schmerz. Sandy schloss die Haustür auf und verschwand im Badezimmer. Ich landete auf der Couch, goss mir noch eine finale Ration Wodka ins Glas und schlief an Ort und Stelle ein. Von der Wolldecke, die sich über mir ausbreitete, bekam ich nichts mehr mit.

„Morgen."

„Morgen."

„Gut geschlafen?"

„Danke." Mein Genick schmerzte und schrie nach einer

Massage. „Hab mich nie besser gefühlt." Dankbar nahm ich den dampfenden Kaffeebecher entgegen.

„Super, dann kannst du mir ja heute bei der neuen Getränkekarte helfen."

„Der neuen was?"

„Getränkekarte."

„Was war denn schlecht an der alten: Bier, Schnaps, Apfelwein. Da war doch alles drauf."

„Aber nichts Besonderes."

„Wer im Himmel braucht denn was Besonderes?" Ich trank einen Schluck und spuckte ihn gleich wieder aus. „Was ist das denn?"

„Chai Latte. Liegt voll im Trend, und ist gut für die Harmonie zwischen Körper und Seele." Wo immer der Trend lag, ich lag woanders. Ich stellte die Tasse auf den Couchtisch und lugte unter die Couch.

„Was suchst du?"

„Meine Schuhe."

„Hast du noch an. Die Jacke auch."

„Danke. Ich muss dann auch los."

„Wohin denn?"

„Arbeiten."

„Tu, was du nicht lassen kannst." Ich war schon fast draußen, als sie mir noch etwas nachrief. „Was wolltest du mir eigentlich mit dem Bildband sagen?"

„Was für ein Bildband?"

„Das Geschenk, das du mir auf den Küchentisch gelegt hast."

„Da war ein Bildband drin?"

„Zauberhafte Vogesen. Wandern und Einkehr zu allen Jahreszeiten."

„Zeig her." Sandy drückte mir das Buch in die Hand. Tatsächlich.

„Ich tausch's um. Versprochen.“ Es war zu früh, um das alles zu verstehen. Ich fand den Volvo in einer Seitenstraße neben dem *Bad Vibes*, klemmte mich hinters Steuer und fuhr nach Hause, diesmal ins Büro.

Acht

Im Treppenhaus roch es nach Sympatex und Pfefferminz. Ich ignorierte die giftgrüne Gestalt im Foyer und nahm die Treppe nach oben.

„Hey!“ Der Kommissar hieß nicht nur Blechschmidt, er klang auch so.

„Ja.“

„Stehen bleiben, Schnüffler.“

„Für Sie immer noch Herr Schnüffler. Mein Büro öffnet um neun. Wenn Sie sich so lange gedulden würden. Ich lasse dann nach Ihnen schicken.“ Ohne mich umzudrehen, setzte ich meinen Weg fort. Der Bulle hastete mir hinterher. Er holte mich noch im zweiten Stock ein. Für ihn eine Kleinigkeit. Ein Treppenhaus im Ostend ist nicht der Nanga Parbat. Widerwillig gab ich mich geschlagen. „Was wollen Sie?“, fragte ich genervt.

„Ein bisschen plaudern“, erwiderte er mit höhnischer Stimme.

„Gehen Sie ins Café Mozart. Da finden Sie bestimmt Anschluss.“ Ich schaffte drei weitere Stufen, bevor mich ein fester Griff an der Jacke zurückriss.

„Schluss mit den Faxen!“, brüllte Blechschmidt eine Spur zu laut. Daraufhin öffnete sich die Bürotür der Firma *Bulgar-Frukt*, und ein haariger Mitarbeiter schaute interessiert durch den Türspalt. „Alles in Ordnung, Polizei“, sagte der Bulle streng, worauf sich die Tür schnell wieder schloss. Während wir den Gang zu meinem Büro entlangstolperten, arbeitete der Aktenvernichter im Stockwerk unter uns auf Hochtouren.

„Wo ist denn ihre reizende Kollegin?“, fragte ich und ließ mich auf einer Ecke des Schreibtischs nieder.

„Mit Ihnen werde ich noch alleine fertig“, raunzte Blechschmidt und baute sich in voller Abscheulichkeit vor mir auf. Ich steckte mir eine Kippe an und blies ihm den Rauch direkt ins Gesicht. Er konterte die Attacke mit einem Eukalyptusbonbon. Seine Augen verengten sich zu schmalen Schlitzen, fixierten mich aber weiterhin streng durch den aufsteigenden Dunst. „Gegen Sie liegt eine Anzeige vor“, sagte er schließlich und ließ sich dabei jedes Wort auf der Zunge zergehen wie einen schottischen Malt oder in seiner Kategorie gedacht – einem Produkt aus dem Hause Em-eukal.

„Und deshalb kommen Sie extra zu mir? Ist das die neue Serviceleistung der hessischen Polizei? Was hab ich denn ausgefressen? Oder wollen Sie mich jetzt wegen Rauchens in öffentlichen Gebäuden drankriegen?“

„Ganz und gar nicht. Obwohl das keine schlechte Idee ist.“

„Also, was? Ich hab meine Zeit nicht gestohlen.“

„Nicht ihre Zeit, aber ein Paket.“

„Was für ein Paket?“

„Tun Sie nicht so unschuldig. Das Paket des Stalkers. Frau Morgentau hat uns den Diebstahl gestern Nachmittag gemeldet. Außer Ihnen hatte keiner die Gelegenheit, das Ding mitgehen zu lassen.“ Ich konzentrierte mich aufs Rauchen und linste unauffällig in Richtung des Bildbandes, der neben mir auf dem Schreibtisch lag.

„Was war denn drin?“, fragte ich abwesend und übersah die knochige Hand, die pfeilschnell aus der Funktionsjacke schoss und sich an meinem Kragen festklammerte wie ein Koalabär. Blechschmidt zog sich eng an meinen Hals und hauchte scharfe Mentholwolken aus seinen Nüstern. Ich versank in einer dichten Wolke aus Pfefferminz.

„Hör gut zu, Witzbold. Wir können das Spiel auch anders spielen. Entweder das Paket liegt bei drei auf dem Tisch, oder wir durchsuchen diesen Saustall so lange, bis hier kein Stein mehr auf dem anderen steht."

Ich dachte kurz über die Folgen nach und entschied, es darauf ankommen zu lassen. Außerdem glaubte ich nicht, dass er bis drei zählen konnte.

„Tun Sie sich keinen Zwang an", röchelte ich und wartete ab, bis sich der Griff um meinen Hals wieder löste. „Ich habe kein Paket geklaut", sagte ich, sichtlich um Abstand bemüht. „Wenn Sie Ihre Zeit mit meinem Büro verschwenden wollen. Bitte." Der Pfefferminzgestank hing noch hartnäckig in meiner Nase. Angewidert schüttelte ich mir eine neue Kippe aus der Packung. Dann entdeckte er den Bildband. Er schnappte sich das Buch vom Tisch und begann, ziellos darin rumzublättern.

„Sie wollen verreisen?"

„Vielleicht", antwortete ich kryptisch. „Ein bisschen Wandern, die Seele baumeln lassen, gesunde Luft und guter Wein. Würde Ihnen auch gut tun. Sie sehen, verzeihen Sie, dass ich es so direkt sagen muss, irgendwie abgespannt aus." Mit einem lauten Klirren landete der Bildband im übervollen Spülbecken der Küchenzeile. Erst die Kaffeemaschine und jetzt die Tassen. Im Gegensatz zu Blechschmidt hatte ich aber noch ein paar davon im Schrank.

„Sie fahren nirgendwohin. Und wenn doch, kommen Sie nicht weiter als bis Preungesheim. Einzelzimmer mit Vollpension. Die Fahrkarte kriegen Sie direkt von mir. One-way!" Ich atmete erleichtert aus, als er sich zum Gehen wandte. „Sie sind noch nicht aus dem Schneider, Bratfisch", fauchte er zum Abschied und ließ die Tür krachend ins Schloss fallen. Ich dachte an seine Chefin, Hauptkommissarin Schneider, und kassierte in Gedanken drei weitere Euros für die Wortspielkasse.

Kaffee, dachte ich und beruhigte meine Nerven mit einer weiteren Zigarette. Mit den Überresten der alten Maschine ließ sich nichts mehr anfangen. Ich stopfte den Plastikschrott in eine Tüte und machte mich auf den Weg nach unten. Die Tür des bulgarischen Obstunternehmens sprang direkt vor mir auf. Der haarige Mann von vorhin schleifte einen großen Plastiksack in den Flur. „Hey, du“, sprach er mich an.

„Ja!“

„Was ist mit Polizei?“

„Ist wieder weg“, sagte ich.

„Polizei nix gut.“

Na, das war mal was Neues.

Ich stellte den Volvo bei *Süleymans Import-Export* in einem Hinterhof der Hanauer Landstraße ab, einem Laden, in dem man vom Fernseher bis zum Nasenhaarschneider alles bekommt was mit 220 Volt betrieben werden kann. Dort kaufte ich eine Kaffeemaschine, die irgendwo auf der Fahrt über den Hindukusch ins Ostend vom LKW gefallen war. Ein großes Schild mit der Aufschrift „Neuware in aktuellen Farben“ kennzeichnete das Qualitätsprodukt aus Fernost. Nur der Karton war leicht angeschlagen, insofern passten wir gut zusammen. Zurück im Büro, lauschte ich geduldig dem stetigen Tröpfeln meiner neonpinken Errungenschaft und blätterte mich wissbegierig durch den Bildband aus meiner Spüle. Irgendetwas musste es damit auf sich haben, doch so sehr ich mir darüber auch das Hirn zermarterte, es war und blieb einfach ein Buch. Hohe Berge und weite Täler. Wanderwege und Einkehrtipps, Routenbeschreibungen und Rezepte regionaler Gerichte. Keine angestrichenen Passagen oder umkringelten Bilder. Nichts.

Absolut nichts, was mir weiterhelfen konnte. Was zur Hölle wollte der Stalker dem Model damit sagen? Das Schrillen des Telefons beendete diese quälenden Fragen.

„Ja?"

„Hier ist Manni."

„Grüß dich. Was gibt's?"

„Ich sollte dich doch anrufen, wenn ich was Neues habe. War übrigens gar nicht so einfach. Auch Banken lernen dazu. Na ja, am Ende haben wir sie trotzdem geknackt. Also, Ahmed Göktan ist alleiniger Besitzer der Agentur. Finanziell sieht es geordnet aus. Der Laden läuft. Regelmäßige Überweisungen in unterschiedlicher Höhe. Verlage und Privatpersonen. Interessiert dich irgendein Name besonders, oder willst du eine komplette Aufstellung?" Da mir niemand einfiel, verlangte ich das Komplettpaket. „Ist gut. Ich schick dir 'ne Mail."

Ich bedankte mich artig und kramte den Laptop aus den Untiefen meines Schreibtischs hervor. Mit den meisten Namen konnte ich nichts anfangen. Zu meiner Überraschung gehörten aber auch einige Promis zum festen Kundenstamm der Agentur. Als ich über Sarah Morgentau stolperte, läuteten alle Glocken in meinem angeschlagenen Schädel Alarm. Dieses Luder leistete sich nicht nur einen Privatdetektiv, der in finsterer Nacht ein Auge auf sie warf, sondern bezahlte gleichzeitig noch einen Haus- und Hofpaparazzo, um das Ganze fotografisch für die Ewigkeit festzuhalten. Aber wie hing das alles zusammen? Ich schlurfte zur Küchenzeile und brachte die leere Kaffeetasse zur Spüle. Im Spülbecken türmte sich die Keramik bereits bis über den Beckenrand. Das meiste war nicht mehr zu gebrauchen. An den Zinken einer aus dem Trümmerhaufen herausragenden Gabel baumelte ein blassgrüner Zettel. Ich angelte ihn heraus und begann zu lesen. *„Mord auf Bestellung"* stand in großen Lettern darauf. Ich suchte nach einer

Telefonnummer, da es nie schaden konnte, einen Auftragskiller im Bekanntenkreis zu haben. Zu meinem Missfallen handelte es sich aber lediglich um die Ankündigung einer Autorenlesung. Die Veranstaltung sollte nächste Woche in einer Buchhandlung in Bornheim stattfinden. Der Flyer musste aus dem Bildband gerutscht sein, als der wutschnaubende Mentholbulle ihn dort hingeschleudert hatte. Schlecht für's Geschirr, aber gut für den Fortgang der Ermittlungen. Bornheim erreicht man zu Fuß in drei Zigarettenlängen. Ich klemmte mir den Bildband unter den Arm und machte mich auf die Socken.

Die Arnsburger Straße ist eigentlich eine reine Wohnstraße. Nur im ersten Teilstück, das von der Berger Straße abzweigt, gibt es einige Geschäfte. Ich entdeckte die Buchhandlung direkt neben einem Laden mit dem vielsagenden Namen „Leder-Diener", einem Fachgeschäft für Handtaschen und Rucksäcke. Der Auslage im Schaufenster nach gab es dort tatsächlich nichts anderes. Wie es im Hinterzimmer zuging, wollte ich gar nicht wissen. Ich drückte die Tür zur Buchhandlung auf und sah mich suchend um. Der Eingangsbereich war bis zur Decke mit Fachliteratur zugestellt. Düstere Cover mit sinistren Motiven. Mord und Totschlag, sortiert nach Ländern und Regionen. Vom knallharten Thriller bis zum Haus- und Hofverbrechen der hintersten Provinz war quasi alles dabei. Und wer dabei kochen wollte, bekam das Ganze sogar mit Rezepten.

„Suchen Sie einen Krimi?", sprach mich die Buchhändlerin von der Seite an.

„Nein." Banker lesen in ihrer Freizeit ja auch keine Sparbücher, dachte ich und wandte mich wieder meinem ursprünglichen Anliegen zu. „Eigentlich wollte ich ins Antiquariat."

„Das ist nebenan. Wenn Sie wollen, schließe ich Ihnen auf."

Ich wollte.

Eine Weile stöberte ich ziellos durch die Regale, bis mich die Buchhändlerin erneut in ein Gespräch verwickelte. Nach ein paar belanglosen Sätzen zog ich den Bildband unter dem Arm hervor und fragte, was ich zu fragen hatte. „Können Sie sich erinnern, wer dieses Buch bei Ihnen gekauft hat?" Sie nahm es mir aus der Hand und betrachtete es eingehend.

„Um ehrlich zu sein ...", sie schüttelte bedauernd den Kopf.

„Bitte, denken Sie nach. Es wäre wirklich sehr wichtig für mich."

„Wann soll denn das gewesen sein?"

„Keine Ahnung, aber es lag ein Zettel von Ihrer Veranstaltung am nächsten Samstag drin."

„Also höchstens eine Woche. Die Flyer sind erst letzten Mittwoch fertig geworden. Vielleicht kann sich Almut an den Kunden erinnern. Warten Sie, ich schau mal nach ihr."

Almut war ein blasses Mädchen von leptosomer Gestalt. Sie trug eine randlose Brille, deren Bügel sich hinter dunklen Haarbüscheln verbargen. Sonnenlicht und feste Nahrung schienen ihr ebenso fremd zu sein wie zeitgemäße Kleidung. Das Schnittmuster ihres braunen Flanellensembles entstammte einer längst vergessenen Epoche. Ich schätzte sie auf Anfang zwanzig. Eigentlich verdammt jung, aber zu alt, um in den wesentlichen Fragen des Lebens noch dazuzulernen. Sie musterte den Bildband mit prüfenden Blicken und legte ihn so behutsam zur Seite wie ein neugeborenes Kind. „Warum wollen Sie wissen, wer diesen Bildband gekauft hat?", fragte sie mit einer Stimme, die dünner war als Kate Moss.

„Ich bin Privatdetektiv", antwortete ich. „Und das Buch ist

der Schlüssel zu einem Fall. Vielleicht können Sie mir beim Aufschließen helfen."

„Wie Philip Marlowe?", fragte sie und schenkte mir ein Lächeln.

„So ähnlich, wir haben den gleichen Durst", sagte ich und zog zur Bestätigung den Flachmann aus meiner Innentasche. „Verdammt kalt heute. Wollen Sie auch einen Tropfen?" Sie zögerte keine Sekunde, schnappte mir die Flasche aus der Hand und nahm einen tiefen Schluck. Ich hatte vor langer Zeit aufgehört, mich über Frauen zu wundern. „Es war ein junger Mann", sagte sie schließlich und strich sich mit den Fingern eine dunkle Haarsträhne aus dem Gesicht. „Kein Stammkunde. Er war noch nie vorher hier."

„Wie sah er aus?"

„Gut."

„Wie gut?"

„Verdammt gut." Abermals dockte der Flachmann an ihrem Mund an.

„Verstehe. Ich sehe ihn direkt vor mir."

„Für eine Zigarette kann ich ihn vielleicht genauer beschreiben." Ich kramte das Päckchen aus dem Mantel und gab ihr Feuer. Sie inhalierte routiniert und löschte den Rauch mit etwas Whisky ab. Mit jedem Zug gewann ihre Stimme an Festigkeit. „Groß, blond, kantiges Kinn, ein Grübchen in der Mitte. Die Augen blau, ein helles Blau mit einer Spur Türkis. Nordischer Typ. Gut gebaut, Ende zwanzig, Anfang dreißig. Lassen Sie mir ihre Karte da, und ich rufe Sie an, falls er noch mal reinschaut."

„Ich habe keine Karte ...", stammelte ich verlegen und sah mich vorwurfsvollen Blicken ausgesetzt. „... aber ich schreib Ihnen schnell meine Nummer auf."

Hektisch suchte ich nach einem Zettel, fand einen alten

Kassenbon und krickelte meine Handynummer darauf. „Hier", sagte ich stolz und überreichte ihr das Ergebnis meiner Bemühungen. Im Austausch bekam ich dafür den leeren Flachmann zurück. Almut kicherte, als ich mich zum Gehen wandte. „Warten Sie", sagte sie, als ich schon fast draußen war. „Nehmen Sie das mit."

„Was ist das?"

„Raymond Chandler. Short Stories. Lesen sie's einfach."

Mein Magen knurrte, als ich wieder in den kalten Nieselregen trat. Ich gönnte mir eine Portion Cevapcici mit Krautsalat in einem schäbigen Stehimbiss, der die direkt nebenan liegende jugoslawische Spielothek mit dem Nötigsten versorgte. Dazu gab es Fladenbrot und große Mengen weißer Soße. Hungrig stopfte ich den Fraß in mich rein. Ein selbstgebrannter Slibowitz rundete das Frühstück ab. An meinem Stammkiosk deckte ich mich dann mit dem nötigen Zigarettenvorrat für die nächsten Tage ein. Ich zahlte mit einem Hunderter, bekam aber nur eine Handvoll Kleingeld zurück. Der freundlich grinsende Pakistani begründete das mit einer langen Strichliste noch offener Rechnungen. Offene Rechnungen, dachte ich. Davon gab es in letzter Zeit viele. Sarah Morgentau, Ahmed Göktan, der giftgrüne Bulle, Miete, Strom, Gas, Bier. Alles offene Rechnungen. Es wurde Zeit, einige davon zu begleichen.

Neun

Die Villa von Sarah Morgentau war besser gesichert als die amerikanische Botschaft im Libanon. Allein an der Stirnseite des Gebäudes parkten zwei Streifenwagen. Jede Menge Uniformierte, Zivilbullen und Mitarbeiter einer privaten Securityfirma liefen sich rund um das Anwesen die Hacken wund. Die Seitenstraßen waren mit rot-weiß gestreiftem Flatterband abgesperrt. Dahinter tummelten sich Schaulustige sowie Pressevertreter aller Revolverblätter und Klatschmagazine. Mehrere Fernsehteams und ein Haufen Fotografen rangelten lautstark um die besten Plätze. Der Hessische Rundfunk versuchte verzweifelt, mit einer Hebebühne auf der Höhe der Zeit zu bleiben. Am Boden zerrte ein Stoßtrupp unterbezahlter Tagelöhner an einem unüberschaubaren Kabelwust. Tee und Kaffee wurde ausgeschenkt, Zelte aufgebaut und Wolldecken verteilt. Spindeldürre Moderatorinnen flimmerten im heißen Wind eilig herbeigeschaffter Heizpilze. Alles was fehlte, war eine mobile Dönerbude. Sollte die Belagerung bis morgen anhalten, wäre sie da, um kurz darauf, durch einen Thai-Imbiss ersetzt zu werden. Ich mischte mich unter die Schar der Journalisten und lauschte ihren Berichten. Eine ereignislose Stunde verging mit Neuigkeiten, die keine waren. Andy Schlegl, der tote TV-Produzent, wurde als Kollege geachtet und als Mensch gehasst. Kein Wunder, denn im Gegensatz zu seinen Berufsgenossen hatte er es in die Villa geschafft, anstatt sich davor die Beine in den Bauch zu stehen, ein aufstrebendes Model gevögelt und über Erfolg nicht nur berichtet, sondern selbst welchen gehabt. Ein semmelblonder Berufsjugendlicher, dem der Prosecco im *Cocoon Club* nachgetragen wurde, während ihm achtzehnjährige Blondinen das Koks direkt von den Nippeln servierten. Eine Goldene Kamera und diverse Auszeichnungen privater Fernsehanstalten waren die unweigerliche Folge dieser rasanten Karriere auf der Überholspur. Für das Bundesverdienstkreuz hatte es nicht mehr gereicht. Skandalen war er stets ausgewichen und hatte es dennoch in aller Regelmäßigkeit auf die Titelseite der BILD-Zeitung geschafft. Bis alles Ausweichen sein jähes Ende fand und er einmal im Weg stand. Ein Schuss und Schluss. Er starb, wie er lebte. Schnell und mit großen Knalleffekten. Seitdem die Meldung seines plötzlichen Ablebens über den Äther gegangen war, belagerte die Journaille nun die Villa am Lerchesberg. Sarah Morgentau, das schießwütige Model, hatte sich in dem Anwesen verschanzt und bisher kein einziges Mal gezeigt. Gerade deshalb war sie 24 Stunden auf Sendung. Die Gesetze der modernen Berichterstattung ließen es nicht anders zu. Ich schmuggelte mich in ein Pressezelt, ergatterte einen Plastikbecher Kaffee und nahm neben zwei Reportern Platz. Es war nicht schwer zu erraten, für wen sie tätig waren. Auf ihren knallroten Daunenjacken prangte dick das Logo eines privaten Fernsehsenders. Der Ältere rührte frustriert mit einem Plastikstäbchen in seinem Heißgetränk herum und erklärte seinem deutlich jüngeren Kollegen die Welt. „Bevor die Leiche nicht freigegeben ist, passiert hier gar nichts“, sagte er genervt. „Die Beerdigung. Das wird der Bringer. Da müssen wir präsent sein. Erste Reihe, verstehst du? Das bringt Quote.“

„Von mir aus können wir die Zelte sofort abbrechen“, erwiderte sein Nebenmann und vergrub seine Hände bis in die hintersten Ausläufer seiner Daunenjacke.

„Ja, sag ich doch. Aber die Chefin will es anders. Was soll's, ewig können die den Schlegl ja nicht im Gefrierfach liegen lassen. Hey, du“, er drehte sich unvermittelt zu mir und fixierte mich streng.

„Ja?“

„Rück mal’n Stück ab hier.“

„Ganz locker“, faselte ich. „Ich trink nur meinen Kaffee. Hab gar nicht zugehört, was ihr quatscht.“

„Von mir aus kannst du ’n Band davon haben. Aber deine Knoblauchfahne stinkt von hier bis nach Bagdad.“ Das erklärte, warum die Plätze neben mir frei geblieben waren.

Ich stand auf und ging. An Sarah Morgentau würde ich in den nächsten Tagen so nah herankommen wie an die erste Million. Blieb Ahmed Göktan, Nummer zwei auf meiner Liste. Blutige Gewaltphantasien durchzogen augenblicklich meine Gedanken, doch das mit Abstand gefährlichste an mir war mein Atem. Ein Zustand, der sich dringend ändern musste.

Ich klopfte beherzt an die Tür zu Kanonen-Roberts Stuntwerkstatt und wartete geduldig auf ein Lebenszeichen. Als ich es mit den Füßen probierte, regte sich etwas in der umgebauten Garage. „Mach auf, es ist kalt“, rief ich und zog den Kopf zwischen die Schultern. Der Nieselregen hatte sich mittlerweile in Schnee verwandelt. Ich legte mein Ohr gegen den Holzverschlag und war froh, dass es nicht festfror. Nichts tat sich. Die Geräusche im Inneren der Werkstatt waren verstummt. „Hey, lass mich rein!“, versuchte ich es erneut und hämmerte ein weiteres Mal gegen die Tür, bis ich schließlich die Geduld verlor und den Ersatzschlüssel aus der Jacke kramte, den Kanonen-Robert irgendwann mal im *Bad Vibes* liegenlassen hatte.

Der Stuntman erstarrte in nacktem Entsetzen. Breitbeinig stand er mir abgewandt in der Mitte des Raumes. Seine dünnen Arme umschlangen einen nussbaumumschalten Fernseher, dessen Zimmerantenne zwischen seinen storchartigen Beinen hin und her pendelte, als wäre sie auf eine Wasserader gestoßen. Ein erleichtertes Seufzen entfuhr ihm, als er mich erkannte. „Du bist es“, sagte er und schickte ein eiliges „Mach die Tür zu“ hinterher. Ich gab der Tür einen Stoß und ging ihm ein paar Schritte entgegen. „Brauchst du Hilfe?“

„Ja, pack mal mit an.“ Ich schnappte mir die Zimmerantenne und sah ihm zu, wie er das tonnenschwere Gerät auf einen rattangeflochtenen Beistelltisch wuchtete.

„Alles klar bei dir?“, fragte ich, während er sich den Schweiß von der Stirn wischte.

„Danke, geht schon.“

„Ich mein ja nur. Sieht so aus, als hätte ich dich grad in flagranti erwischt mit …“, ich wagte es kaum auszusprechen, „… mit einem Fernseher.“

„Ich wusste ja nicht, dass du es bist.“

„Was hast du denn gedacht?“

„Die GEZ“, platzte es unvermittelt aus ihm heraus. „Den ganzen Tag nerven die mich schon. Erst kamen nur Briefe, dann Anrufe, aber seit heute ist Krieg. Peilwagen, Klingelterror, das volle Programm.“

„Und du glaubst, die brechen Wohnungen auf?“

„Natürlich“, sagte er so selbstverständlich, wie er an der Lebenslüge festhielt, ein Stuntman zu sein. Ich ließ ihm den Glauben. Alles andere erschien mir sinnlos. Könnte man Gläubige vom Gegenteil überzeugen, ginge niemand an Weihnachten in die Kirche, und der Gedanke an den Weltfrieden wäre mehr als eine fixe Idee.

„Draußen ist alles sauber“, sagte ich zu seiner Beruhigung. „Kein Peilwagen weit und breit.“ Zur weiteren Zerstreuung seiner Paranoia schüttelte ich zwei Gauloises aus der Packung und gab ihm Feuer. „Jetzt setzt dich hin, und rauch erst mal eine. Falls wider Erwarten doch noch jemand deine Tür aufbricht, nehm ich's auf meine Kappe und behaupte, dass der Fernseher mir gehört."

„Echt?"

„Klar."

„Mensch, du bist echt in Ordnung."

„Lass stecken", sagte ich und fläzte mich in die Couchgarnitur. Kanonen-Robert schob sich einen Sessel heran und nahm ebenfalls Platz. Die Stuntwerkstatt war längst zu seiner Wohnung mutiert, auch wenn er hartnäckig daran festhielt, hier nur zu arbeiten. Eine angebrochene Whiskyflasche, überquellende Aschenbecher, Gaskocher sowie mehrere Großgebinde unterschiedlicher Konserven sprachen jedoch Bände. An den Wänden hingen Fotos von Actionszenen, in die der Stuntman seine Visage stümperhaft reinkopiert hatte.

„Schön hast du's hier", log ich und deutete vage in eine unbestimmte Richtung.

„Was führt dich zu mir?", fragte er schließlich und strich sich dabei mit den Fingern durch eine Frisur, die er mangels Haaren nicht hatte.

„Durst", antwortete ich ausweichend, um nicht gleich mit der Tür ins Haus zu fallen. Ich rieb den Staub von zwei herumstehenden Gläsern und füllte sie mit Whisky. Wir tranken und schwiegen.

„Viel zu tun?", fragte ich, um ein belangloses Gespräch in Gang zu bringen.

„Drehbücher lesen. Immer die gleiche Scheiße."

„Echt, lass mal sehen."

„Nee, ist noch top secret. Kann ich dir wirklich nicht zeigen. Gibt saftige Konventionalstrafen, falls da was durchsickert."

„Verstehe", sagte ich und trank mein Glas leer. „Eigentlich

wollte ich mir auch nur 'ne Kleinigkeit von dir leihen." Kein guter Anfang. Er starrte mich an, als hätte ich ihn eben dazu aufgefordert, eine Sitzung der anonymen Alkoholiker zu besuchen und sich direkt im Anschluss den nimmermüden Vermittlungsversuchen des Jobcenters zu unterwerfen.

„Was?"

„Ob du mir 'ne Kleinigkeit leihen kannst, hab ich dich gefragt." Noch immer fehlten ihm die Worte. „Kein Geld", fügte ich hinzu, was ihn zu beruhigen schien.

„Was denn?"

„Du hast doch noch den Revolver. Die Schreckschusswumme. Erinnerst du dich? Hast du mir doch schon mal geborgt." Er erinnerte sich wirklich. Leider auch an die unangenehmen Details dieses Leihgeschäfts. Die Sache lag Monate zurück. Zur Sicherheit füllte ich die Gläser erneut mit Schnaps.

„Einen Scheißdreck hast du dir geliehen", legte er los und kippte den Whisky auf ex. „Meine Tür hast du eingetreten und dir das Teil einfach genommen. Bis heute schließt das Scheißding nicht richtig. Geliehen. Ha! Dass ich nicht lache."

„Das hab ich dir doch schon tausendmal erklärt. Weil du nicht da warst. Sonst hätte ich dich selbstverständlich gefragt."

„Und dann habt ihr mich auch noch an dieser Raststätte sitzen lassen."

„Sei froh, ich bin erst im Krankenhaus wieder zu mir gekommen", sagte ich, um die Geschehnisse des vergangenen Jahres ins rechte Licht zu rücken. „Trotzdem war es alleine dir zu verdanken, dass die Sache damals ein gutes Ende nahm."

„Und hast du mir jemals dafür gedankt? Nur ein einziges Mal? Bist du jemals hier zu mir gekommen und hast Danke gesagt?"

„Nein, aber genau deswegen bin ich ja heute hier: Danke!", säuselte ich und suchte verzweifelt nach den richtigen Worten:

„Ohne dich hätten wir die beiden damals nie und nimmer gestellt. Wie du den Alfa von der Straße gefegt hast, das war schon erste Sahne."

„Tja, gelernt ist gelernt."

„Eben, deswegen wende ich mich ja an dich. Du bist der Profi. Ich kenne keinen besseren Stuntman." Sage den Menschen, was sie hören wollen, und sie geben dir, was immer du begehrst.

„Ich auch nicht."

Na also. Die Therapie schlug an.

„Außerdem hab ich dir den Fernseher geliehen."

„Was?"

„Den Fernseher", wiederholte ich und deutete auf den tonnenschweren Kasten mit der wackligen Zimmerantenne.

„Das ist mein Fernseher."

„Nicht, wenn die GEZ danach fragt", sagte ich mit einem triumphierenden Grinsen.

Kanonen-Robert kapitulierte, nachdem ich ihm versprach, die Leihgabe mit einer großzügigen Menge Schnaps zu vergelten.

„Was willst du denn damit?", fragte er und übergab mir schließlich den täuschend echt aussehenden Ballermann nebst einem Päckchen Platzpatronen.

„Ich hab einen geschäftlichen Termin, wo so was zur Kleiderordnung gehört", faselte ich und ließ die Trommel sanft über die Finger gleiten. „Kannst du mir einen Gefallen tun?"

„Noch einen?"

„Ja, sag Sandy nichts davon. Du weißt ja, wie Frauen sind." Er wusste es nicht, aber dieser Gefallen tat niemandem weh.

„Riechst du das eigentlich auch die ganze Zeit?"

„Was denn?"

„Dieser Gestank. Hier stinkt's bestialisch. Tsatsiki oder Döner. Wie 'ne ganze Wagenladung Knoblauch."

„Kommt bestimmt von draußen", log ich und ließ ihn in seiner dämmrigen Höhle zurück. Nur zum Spaß hämmerte ich kurz darauf noch einmal beherzt gegen die Garagentür. „Gebühreneinzugszentrale! Kommen Sie bitte einzeln und mit erhobenen Händen heraus! In fünf Minuten sprengen wir."

Das laute Rumpeln im Inneren der Werkstatt war noch bis in die Mainkurstraße zu hören.

Die Tür zu meinem Büro war nur angelehnt. Ein schmaler Streifen Licht fiel in den dunklen Flur wie der Schein einer Taschenlampe. Irgendjemand hatte sich Zutritt verschafft und war dabei alles andere als zimperlich vorgegangen. Das Schloss war eingedrückt, und der Rahmen hatte sich merklich verzogen. Holzsplitter und Späne sammelten sich auf der Fußmatte mit dem Portrait von Homer Simpson.

Ich zog den Revolver aus dem Hosenbund und drückte mich eng gegen die Wand. Eine Weile stand ich einfach nur regungslos da und horchte, doch das mit Abstand lauteste, was zu vernehmen war, war mein eigener Herzschlag. Wahrscheinlich war der Eindringling längst über alle Berge, aber darauf wollte ich mich nicht verlassen. Es musste schnell gehen, soviel war klar. Mit dem Fuß die Tür aufstoßen und dann, den Revolver im Anschlag, hinterher. Tausendmal hatte ich das schon im Fernsehen gesehen, dabei ein Bier in der Hand gehalten, während die andere in einem Schälchen fettiger Erdnüsse wühlte. Jetzt klebten meine Finger vor Schweiß und krallten sich fest an das kalte Metall eines Revolvers. Ich war froh, ihn zu haben. Schusswaffen geben einem das Gefühl von Macht, auch wenn man mit der zur Verfügung stehenden, von einem lebenslangen Tinnitus mal abgesehen, niemanden wirklich ernsthaft verletzen konnte. Ich zählte bis drei, atmete noch einmal tief durch und wiederholte die Prozedur. Beim achten Anlauf war ich soweit. Die Tür flog auf, und etwas Hartes prallte mir gegen den Kopf. Ich verlor das Gleichgewicht und betätigte, ohne es wirklich zu wollen, noch im Fallen den Abzug. Der Revolver knallte infernalisch und spuckte kleine Flammen.

Zehn

Das vordere Zimmer meines Büros war in etwa so aufgeräumt wie meine Gedanken. Alles lag kreuz und quer umher. Die Schränke waren durchwühlt, die Schubladen herausgezogen und ausgekippt worden. Auf der grau mattierten Auslegeware häufte sich der gesammelte Unrat meiner verkommenen Existenz. Viel war es nicht, aber genug, um eine ordentliches Durcheinander zu hinterlassen. Seitdem ich im Büro wohnte, hatte ich mich eigentlich auf das Nötigste beschränkt, auch wenn mir das in diesem Augenblick vermutlich niemand glauben würde. Schwerfällig rappelte ich mich hoch und wühlte mich ziellos durch die herumliegenden Papiere. Unter einem Stapel alter Rechnungen fand ich die zersprungene Hülle einer mir unbekannten CD. Dire Straits, „Brothers in Arms". Wer auch immer dieses Chaos angerichtet hatte, musste mir das Ding untergeschoben haben.

Auch der hintere Raum war durchsucht worden. Die Wolldecke meines Feldbetts lag zerwühlt auf dem Fußboden. Für den Inhalt meiner bescheidenen Spirituosensammlung hatte sich der Eindringling glücklicherweise nicht interessiert. Dankbar nahm ich einem kräftigen Schluck aus der unbeschrifteten Flasche vom Jugoslawen gegenüber. Als ich wieder halbwegs klar denken konnte, versuchte ich die Abläufe der vergangenen Stunden zu rekonstruieren. Irgendjemand hatte die Tür aufgebrochen, das Büro auseinandergenommen und war, offensichtlich frustriert über das Ergebnis dieser Aktion, wieder abgezogen. Als kleine Zugabe hatte er die neue Kaffeemaschine über dem Türrahmen platziert, so dass sie mir beim Öffnen der Tür auf den Schädel fallen musste.

Blechschmidt, dachte ich. Der Kaffeemaschinenfetischist. Auf diese Idee konnte nur er kommen.

Das Glas der Kaffeekanne war seltsamerweise noch heil, was gegen die Vermutung sprach, dass es sich tatsächlich um Glas handelte. An meiner Stirn ließ sich eine kleine Schramme ertasten. Abgesehen von dieser Verletzung gab es keine weiteren Schäden. Soweit ich es überblicken konnte, hatte der Kommissar nichts mitgehen lassen. Ganz im Gegenteil. Nie und nimmer hatte ich je eine Dire-Straits-Platte besessen.

Aus dem Treppenhaus hallten die temperamentlosen Schritte des Hausverwalters nach oben. Da man die Tür nicht mehr verschließen konnte, wartete ich geduldig ab, bis sie aufschwang und sich der Rahmen mit der Gestalt des massigen Graukittels füllte.

„Kam der Lärm von Ihne?", fragte er so subtil wie Reinhold Beckmann.

„Ja, bin leider ausgerutscht", antwortete ich hilflos. „Verdammt glatt, das PVC."

„Dess war doch än Schuss, was da so geknallt hatt."

„Ein Schuss? Um Gottes willen. Nein. Das war die Kaffeemaschine. Wahrscheinlich nur die Sicherung. Ich bring das sofort wieder in Ordnung, versprochen." Er musterte mich misstrauisch und schüttelte ungläubig den Kopf. Dann drehte er sich bedächtig mit einem Ausfallschritt zur Seite und wandte sich zum Gehen. „Dess Schloss machese bidde gleisch mit", brummelte er abschließend und ließ mich, ohne weitere unangenehme Fragen zu stellen, in meinem Durcheinander zurück. Seitdem ich meine Schulden beglichen und er ein Autogramm von Sarah Morgentau bekommen hatte, war er mit der Welt im Reinen. Lange würde dieser Bonus allerdings nicht mehr reichen.

Ich zahlte den Schlüsseldienst mit einem jener Scheine, die

mir Sarah Morgentau unter Tränen in die Hemdtasche gestopft hatte. Sicherheitshalber ließ ich mir eine Quittung geben. Vielleicht konnte der windige Steuerberater, den ich vor ein paar Wochen im *Bad Vibes* kennen gelernt hatte, damit irgend etwas anfangen.

Ahmed Göktan zu beschatten war eine leichte Übung. Er war selbst auf der Jagd und rechnete als Letztes damit, dass jemand den Spieß einmal umdrehen könnte. Tagsüber verschanzte er sich stundenlang in seinem Büro. Erst nach Einbruch der Dunkelheit traute sich der lichtscheue Paparazzo nach draußen und machte sich samt seiner Ausrüstung mit dem Mercedes auf den Weg. Wie am gestrigen Abend parkte er direkt auf dem Opernplatz, steckte einem livrierten Lakaien des Hauses ein paar Scheine zu und verschwand im Foyer. Zwei aufgeblasene Gorillas in schwarz glänzenden Anzügen hielten ihm sogar noch die Tür auf. Heute war das Opernhaus fest in der Hand der oberen Zehntausend. Eine große Leinwand kündigte den Sportpresseball der Stadt Frankfurt an. Nach und nach füllte sich der Platz mit luxuriösen Limousinen. Direkt neben mir entließ ein uniformierter Chauffeur seine Fahrgäste mit einer tiefen Verbeugung und zündete sich danach gelangweilt eine Zigarette an. Die breite Treppe des Hauptportals war von einem roten Teppich bedeckt, der sich noch gut und gerne zwanzig Meter über den Platz erstreckte. Auf beiden Seiten des Teppichs waren Absperrgitter aufgebaut worden, hinter denen eine gemietete Schar Schaulustiger willig den Anweisungen eines Aufnahmeleiters vom Fernsehen folgte. Der Zeremonienmeister des privaten Senders war mit großen Pappschildern ausgestattet, die mit Direktiven wie „Jubeln" oder „Kreischen" versehen waren. Nichts auf dieser Welt war mehr echt. Die Prominenten. Ihre Fans. Alles nur inszeniert.

Glattgebügelt für ein Publikum, das fest an diese Lügen glaubte, weil es belogen werden wollte.

Der Abend war gelaufen. Ahmed Göktan würde mir in dieser Nacht wohl nicht mehr unbeobachtet vor die Fäuste laufen. Frustriert machte ich kehrt, stieg in den Volvo und fuhr auf der Suche nach einer Prise ungeschminkter Wahrheit ins *Bad Vibes.*

Die Tür war verschlossen. Ich trommelte mit den Fäusten gegen die nikotinblinde Scheibe, bis sich kurz das Gesicht einer mir unbekannten Frau zeigte, die aber nur ablehnend mit den Schultern zuckte und unmittelbar wieder im Nebel der Kneipe versank. Im *Bad Vibes* tobte das blühende Leben. Draußen war es schweinekalt. Untermalt von Gloria Gaynors „I will survive" steckte ich mir genervt eine Gauloises zwischen die Lippen und fluchte leise vor mich hin. Ich hatte Durst, und meine Laune passte sich innerhalb von Sekunden der Temperatur an. Knapp unter Null. Ein paar Minuten später traf Kanonen-Robert am Schauplatz des Geschehens ein. Auch ihm wurde der Einlass verweigert, was mich wieder einigermaßen beruhigte. Zumindest schien es diesmal nichts Persönliches zu sein.

„Weißt du, was da drin los ist?", fragte ich den ebenfalls durstigen Stuntman.

„Nein", antwortete er grimmig und lieh sich aus meiner Manteltasche ein frisches Päckchen Kippen. „Da kommt Jürgen, vielleicht weiß er Bescheid."

„Was hat der denn an? Ist das ein Kamelhaarmantel?"

Mit gesenktem Kopf schlurfte er uns durch den Schneematsch entgegen. In seiner rechten Hand baumelte eine rote Plastiktüte. Wir kauerten uns hinter einen Lieferwagen und beobachteten, wie auch er daran scheiterte seinen Stammplatz am Tresen einzunehmen.

„Psst, hier sind wir“, zischte ich ihm konspirativ zu.

„Was macht ihr da? Und warum ist die Tür zu?“

Wir zuckten synchron mit den Schultern. „Keine Ahnung.“

„Ehrlich.“

„Wir dachten, dass vielleicht du ...“

„Ich weiß von nichts. Hat Sandy dir denn nichts gesagt?“

„Nicht die Bohne. Im Gegenteil, heute morgen wollte sie noch, dass ich ihr helfe.“

Das Leben hatte uns auf diese Situation nicht vorbereitet. Nach einer Weile öffnete sich die Tür, und eine kurzhaarige Frau verließ beschwingten Schrittes die Kneipe.

„Hey, kannst du uns sagen, was da los ist?“

„Ladies' Night“, antwortete die Frau streng. „Für Männer erst ab zwölf.“

„Und nun?“

„Die Perle Afrikas“, durchschnitt Jürgens Stimme schließlich die beklemmende Stille.

„Was?“

„Is so'n neuer Laden. Zehn Minuten zu Fuß.“

Zehn Minuten. Das war die Maßgabe. Schwierig, aber machbar. Da wir es nicht besser wussten, folgten wir ihm in die Dunkelheit.

Wir brauchten eine halbe Stunde. Unter Kanonen-Roberts lautstarken Protesten passierten wir mehrere Trinkhallen, ohne dort Rast zu machen, bis sich die ersehnte Oase endlich in Form einer neongrünen Reklametafel offenbarte. *Die Perle Afrikas* war eigentlich ein Restaurant. Gut ein Dutzend Gäste hockte auf dazu vollkommen ungeeigneten Schemeln in einem gewaltigen Haufen Sand. Das Essen wurde auf fleischigen Palmblättern serviert, von denen man den Fraß dann mit den Händen in sich reinschaufelte. Jede Schnitzelkneipe wäre mit diesem Konzept sofort Pleite gegangen, hier wurde das Fehlen von Tellern und Besteck zum „Event“ verklärt. Merkwürdigerweise funktionierte das prächtig. Die Wände waren mit bunten Tüchern ausgeschlagen. Aus den Boxen der Musikanlage nölte Bob Marley: NO WOMAN, NO CRY. Recht hatte er.

Die Attraktion des Ladens bestand eindeutig im Service. Zwei dunkelhäutige Schönheiten in grell gemusterten Phantasiekleidern ließen alle anderen Nachteile sofort vergessen. Jürgen übernahm die Führung. Mit gezielten Schritten durchquerte er den heißen Wüstensand und schlug sich dann durch einen schweren Samtvorhang. Dahinter befand sich eine Art Beduinenzelt, mit drei gewaltigen Heizpilzen und einer aus Bambusstäben gezimmerten Bar. Nachdem er sich seines Kamelhaarmantels entledigt hatte, zauberte er aus der Plastiktüte seine unverzichtbare Zebrafelljacke hervor und bestellte eine Runde Bier. Sekunden später füllte sich das Zelt mit Rauch. Ruhe und Zufriedenheit stellten sich ein.

Da niemand außer mir etwas erlebt zu haben schien, berichtete ich von den Ereignissen der vergangenen Tage. Jürgen und Robert lauschten mehr oder minder interessiert und starrten gebannt in den tiefen Ausschnitt der Bardame.

„Und jetzt willst du es diesem Paparazzo wohl ordentlich besorgen?“, fragte Jürgen und gönnte mir kurzzeitig einen Blick.

„Natürlich. Wer austeilt, muss auch einstecken können. Nur bei diesem Kommissar sieht die Sache komplizierter aus.“

„Schwärz ihn doch bei der GEZ an“, schlug Kanonen-Robert vor.

„Als Beamter ist er bestimmt Mitglied in dem Verein.“

„Stimmt auch wieder.“

„Waren die noch mal bei dir?“

„Ja“, stöhnte der Stuntman in sein Bier. „Mir wurde die Sache zu heiß. Hab den Fernseher jetzt verkauft, ehe die mir die Bude sprengen.“

„Meinen Fernseher? Den hab ich dir doch grad erst geliehen.“

„Idiot.“

„Was hast du denn dafür bekommen?“

„Hundert Euro.“

„Alle Achtung“, sagte ich und bestellte eine weitere Runde Bier. Kanonen-Robert hatte Geld. Wer hätte gedacht, dass die Aktion mit der GEZ noch Früchte tragen würde. Jetzt waren sie reif. Und fielen uns direkt vor die Füße. Ich lehnte mich entspannt in den Barstuhl und genoss die Aussicht auf die Perlen Afrikas. Ladies' Night, dachte ich, die Idee hat was.

Es war bereits eins, als wir den Laden wieder verließen. Der Stuntman hatte tatsächlich bezahlt. Was blieb ihm anderes übrig. Zurück im *Bad Vibes* umhüllte uns der gewohnte Nebel. Das Publikum war wieder gemischt, nur an der Musik hatte sich nichts geändert. Im Moment lief Rosenstolz. Es war grauenhaft. Sandy stand hinter dem Tresen und sang aus vollem Hals mit. „Gib mir Sonne“, wobei es eher wie Sahne klang. Weil ich ihr beides nicht geben konnte, gab ich ihr Feuer.

„Wo seid ihr gewesen?“, fragte sie in die dritte Wiederholung des Refrains hinein.

„Woanders“, brummelte ich mit gespieltem Ärger. „Warum hast du mir nicht gesagt, dass heute Ladies' Night ist?“

„Hab ich doch.“

„Wann?“

„Vorhin, per SMS.“

„Du weißt genau, dass ich diese Dinger nie lese.“

„Außerdem steht es auf der Homepage.“

„Du hast eine Homepage?“

„Mensch Kurt, wo lebst du eigentlich?“

„In meinem Büro“, antwortete ich wahrheitsgemäß und wandte mich entgeistert ab. Eine halbe Stunde später lag ich in meinem Feldbett und dachte darüber nach, an welcher Stelle des Lebens ich den Anschluss verpasst hatte. Ein genaues Datum ließ sich nicht festlegen. Wann waren SMS erfunden worden und vor allem: wozu? Gehörten sie wie Teflon zu einem Abfallprodukt der NASA? Telefon und Teflon. Nur einen Vokal voneinander entfernt und sich doch so fremd wie ein in die Jahre gekommenes Ehepaar. Über all diesen unsinnigen Gedanken begann ich zu träumen. Exotische afrikanische Schönheiten begleiteten mich durch die Nacht. Ausgelassen tanzten sie über den Tresen des *Bad Vibes.* Hinter den Zapfhähnen prügelten sich Fotografen mit der Polizei. Sarah Morgentau bedrohte mich mit einem Revolver. Lautstark forderte sie die Rückgabe ihres Pakets. Sandy besprühte das Model mit Sahne, und Rosenstolz sang den Soundtrack dazu. Schweißgebadet wälzte ich mich in den Laken.

Elf

Es gibt siebenunddreißig Arten von Kopfschmerzen, die Sie selbst behandeln können. Für alle gibt es ein Mittel, dröhnte das Radio. Siebenunddreißig, mein Arsch, ich hatte sie alle. Schlaftrunken angelte ich mir eine beliebige Flasche Schnaps vom Regal und trank. In Sachen Behandlung machte mir niemand etwas vor. Mariacron. *Charaktervoll Mild*, rote Schrift auf gelbem Grund. Widerwillig nahm ich einen weiteren Schluck. Ein bisschen Charakter konnte nicht schaden. Danach fühlte ich mich bereit, dem neuen Tag ins Auge zu blikken. Ich schleppte mich an den Schreibtisch und harrte der Dinge. Ein Blick auf die Uhr offenbarte, dass die Zeit zum Frühstücken schon vor Stunden abgelaufen war. Gott sei Dank, ich hatte sowieso nichts im Haus. Eine ereignislose Stunde verging in meditativer Kontemplation, bis das Telefon diese Idylle unwiederbringlich zerstörte.

„Herr Bratfisch?"

Mehr als einen unbestimmten Grunzlaut brachte ich nicht über die Lippen.

„Ich bin´s, Almut."

„Almut?" Ein vollständiges Wort. Immerhin.

„Die Buchhändlerin."

Langsam lichtete sich der Nebel. Almut, die meinen Whisky getrunken hatte. Beim Gedanken an Whisky wurde mir augenblicklich schlecht.

„Er ist hier."

Das ist schön, dachte ich, ohne zu wissen, worum es ging. „Wer ...?"

„Na, Sie sind mir einer. Gestern ging es noch um Leben oder Tod, und heute können Sie sich an nichts erinnern."

Mein Gehirn spulte vierundzwanzig Stunden zurück. Damit war es eine Weile beschäftigt.

„Der Typ, der den Bildband gekauft hat. *Zauberhafte Vogesen.*"

Jetzt klingelte es. Laut und schrill. Alle siebenunddreißig Arten von Kopfschmerzen meldeten sich schlagartig zurück. „Bleiben Sie, wo Sie sind. Ich bin in fünf Minuten bei Ihnen", schrie ich erregt in den Hörer.

„Auf dem Klo?"

„Was?"

„Ich soll auf dem Klo bleiben? Von da aus rufe ich nämlich an. Der Kunde ist noch im Antiquariat."

„Halten Sie ihn auf. Lassen Sie sich irgendwas einfallen." Mit dem Telefon in der Hand rannte ich aus dem Büro, hetzte das Treppenhaus hinunter und sprang in den Volvo. Nur Sekunden später stand ich im Stau. Nichts ging voran. Über Nacht waren die Bautätigkeiten an der ehemaligen Großmarkthalle überraschend wieder aufgenommen worden. Bagger und Kranwagen blockierten auf beiden Spuren die Fahrbahn. Hinter mir staute sich der Verkehr bereits bis an den Main. Mit einem lauten Krachen entlud ein Kipplaster ein paar Zentner Bauschutt in einen Container, begleitet vom dauerhaften Hupkonzert frustrierter Verkehrsteilnehmer. In meinem Schädel zündeten Myriaden kosmischer Explosionen. Siebenunddreißig. Was für ein Quatsch. Mein Hirn fühlte sich an wie der Urschlamm von Glor.

Als ich die Buchhandlung erreichte, war der Stalker schon lange weg. Natürlich. Ich hatte über eine Stunde gebraucht. Almut zuckte nur bedauernd die Achseln. Irgendwann waren auch ihr die Gesprächsthemen ausgegangen.

„Wo ist er denn hin?“ fragte ich mit einem letzten Anflug von Hoffnung.

„Da lang.“ Sie deutete mit dem Zeigefinger auf die belebte Berger Straße. Keine Chance, ihn in diesem Gewimmel zu finden. Ich fluchte leise vor mich hin und steckte mir eine Zigarette an. Gierig sog ich den Rauch ein. In meinem Magen rumorte es wie in der hessischen SPD. Außer einem Schlückchen Weinbrand hatte ich noch nichts zu mir genommen.

„Haben Sie auch eine für mich?“, fragte Almut und gesellte sich zu mir vor die Tür.

„Klar“, sagte ich und schnickte ihr nonchalant eine Kippe aus der Packung. Mir fiel auf, dass sie sich verändert hatte. Anstelle der randlose Brille trug sie ein Modell mit schwarzem Gestell. Die buschigen Haare wurden von einer gewaltigen Metallspange gebändigt, und der Flanellanzug war einem schwarzen Rock mit passender Bluse gewichen.

„War es denn sehr wichtig?“, fragte sie in die aufkommende Stille hinein.

„Sehr“, wiederholte ich ernüchtert. „Aber vorbei ist vorbei.“

„Es gibt immer eine zweite Chance“, antwortete Almut und atmete bedächtig einen dicken Rauchkringel in die kalte Novemberluft.

„Sagen Sie bloß, Sie wissen, wo ich ihn finden kann.“

„Schon möglich.“

„Reden Sie!“

Statt einer Antwort blickte sie mir nur vielsagend in die Augen.

„Okay, wie viel wollen Sie?“

„Für wen halten Sie mich? Ich will kein Geld, aber eine Einladung zum Essen wäre nicht schlecht.“

„Super, gehen wir essen. Von mir aus gleich heute Abend. Und jetzt reden Sie, verdammt.“

„Heute kann ich nicht. Da bin ich schon verabredet. Mit Lars. Um acht, in der *Taverna Alexis.* Sie können sie nicht verfehlen, es ist der einzige Grieche in der Scheidswaldstraße. Ich war schon mal da. Nichts wirklich besonderes, wenn Sie mich fragen, aber es war sein Vorschlag."

„Lars?"

„Lars." Sie starrte mich an, als unterhielte sie sich mit einem Dreijährigen. „Der Mann, den Sie suchen. Und seien Sie diesmal pünktlich."

„Natürlich." Zum Zeichen meiner Dankbarkeit versuchte ich es mit so etwas Ähnlichem wie einer Umarmung. Sie ging nicht darauf ein. „Lassen Sie das. Unsere Beziehung ist rein kulinarisch."

Ich nickte verwirrt. Almut rauchte zu Ende und ging, ohne sich von mir zu verabschieden, zurück in den Laden. Ein Narr, wer behauptet, Frauen zu verstehen.

Um viertel nach sieben rangierte ich den Volvo in eine Parklücke, die abgesehen von einem Smart noch nicht belegt war. Ich schob den hässlichen Winzling mit der Stoßstange vor eine Einfahrt und stieg aus. Die *Taverna Alexis* war ein klassischer Fressgrieche. Einfache Resopaltische, Styroporsäulen und eine Karte, die so kreativ daherkam wie der Fußball der Eintracht. Von der Decke baumelten staubige Trauben aus Kunststoff. Die Luft war fettgetränkt. Jedes Sauerstoffmolekül mit den Händen greifbar. Ein paar Stunden in dieser Luft deckten den Tageskalorienbedarf eines Werftarbeiters. Ich setzte mich an die Bar und bestellte ein kleines Pils. Die Wirtin, eine dunkelhaarige Matrone mit dem Temperament einer Schlafcouch, nahm die Bestellung schweigend entgegen. Während sie zapfte, inspizierte ich kurz das Hinterzimmer. Ein fensterloser Raum ohne Hinterausgang. Großformatige Tafeln drohten mit drakonischen Strafen bei Zuwiderhandlung gegen das generelle Rauchverbot in Gaststätten. Ich trank das Bier in einem Zug, legte zwei Euro auf den Tresen und zog mich wieder in den Volvo zurück. Von dort hatte ich alles im Blick. Außerdem war es ein Raucherwagen.

Die beiden waren auf die Minute pünktlich. Almut hatte weiter an ihrer Außendarstellung gearbeitet und sich im Rahmen ihrer Möglichkeiten herausgeputzt. Ihr Rock war um gut zwanzig Zentimeter geschrumpft. An ihrer Seite klebte Lars, der Stalker. Seine linke Hand war hinter Almuts Rücken verborgen, mit der rechten schob er ein klappriges Fahrrad neben sich her. Er war ein wirklich attraktiver Kerl, da hatte Almut nicht übertrieben. Sein durchtrainierter Oberkörper ließ sich noch durch die schwere Lederjacke erahnen. Kein Wunder, dass ich im Spurtduell gegen ihn ohne Chance geblieben war. Nachdem er den Drahtesel an einen Laternenpfahl geschlossen hatte, verschwanden beide im schummrigen Licht der Taverne. Ich stieg aus und drehte eine Runde. Mein Plan war denkbar einfach. Dem Stalker folgen, wenn er die Kneipe verließ, auf eine günstige Gelegenheit warten, seinen Arsch an Ort und Stelle festnageln und ihn schließlich den Behörden übergeben. Danach war dieser Fall für mich erledigt. Endgültig. Von der noch offenen Rechnung mit dem schlagfertigen Paparazzo mal abgesehen. Zur Sicherheit schraubte ich die Ventile aus den Reifen seines Fahrrads und warf sie in ein Gebüsch. Für eine Verfolgungsjagd mit einem Fahrrad war der Volvo definitiv nicht geschaffen.

Drei ereignislose Stunden vergingen. Ich las in meinem Raymond-Chandler-Kurzgeschichtenband und ergötzte mich am nie zu stillenden Durst der jeweiligen Protagonisten. Eine Weile dachte ich angestrengt darüber nach, was Almut gemeint hatte, als sie sagte, dieses Buch werde mir helfen, doch ich kam zu keinem Ergebnis.

Gegen elf war es dann soweit. Die Kneipentür ging auf und entließ das ungleiche Paar in die fettfreie Nachtluft der Mainmetropole. Almut verabschiedete sich zügig, aber bestimmt und ließ den hilflosen Stalker Lars ohne Umarmung und Küsschen vor der Taverne stehen. Offenbar war auch diese Beziehung rein kulinarisch. Der zurückgelassene Blonde zündete sich eine Zigarette an und starrte ihr ratlos hinterher, bis sie um die nächste Ecke verschwunden war. Dann wandte er sich seinem Fahrrad zu. Als er bemerkte, dass es platt war, ließ er den Drahtesel stehen und ging zu Fuß. Ich stieg aus dem Volvo und heftete mich an seine Fersen. Es war eine gemächliche Verfolgungsjagd. Das Tempo lag mir. Man konnte bequem dabei rauchen. Nach zwei Zigaretten erreichten wir das Ziel. Ein Altbau in der Bornheimer Landwehr. Ich blieb vor dem Haus stehen und wartete, bis im zweiten Stock das Licht anging. Nach einer weiteren Zigarette drückte ich die Klingel mit den meisten Namen. Eine metallisch klingende Stimme murmelte etwas Unverständliches. Ich tat es ihr gleich, und der Türsummer brummte. WG-Bewohner lassen prinzipiell jeden ins Haus. Auf Zehenspitzen betrat ich den Hausflur, versteckte mich hinter einer Armada aus Kinderwagen und horchte. Eine Wohnungstür öffnete sich. Irgendjemand murrte eine Frage in den Flur und gab wenig später genervt auf. Zur Sicherheit ließ ich ein paar weitere Minuten verstreichen. In Gedenken an Raymond Chandler gönnte ich mir noch einen Schluck aus dem Flachmann, bevor ich den Revolver aus dem Hosenbund zog und die Treppe nach oben stieg. In jedem Stockwerk gab es nur zwei Wohnungen. Ich trommelte sanft gegen die Tür, hinter der das Licht angegangen war und trat ein paar Schritte zurück. Als sie sich einen Spaltbreit öffnete, warf ich mich mit der Schulter dagegen. Der Aufprall war hart, wurde aber von einem Körper abgefedert. Lars Andersen, wie mir das Klingelschild verraten hatte, lag gekrümmt im Korridor und hielt sich die Schläfe. Ein dünner Blutfaden bahnte sich den Weg über seine Stirn. Er stöhnte leise auf, als ich mich durch die Tür in den Flur zwängte und mitleidig auf ihn herabblickte.

„Ist eigentlich nicht meine Art, gleich mit der Tür ins Haus zu fallen." Die Reaktion war ein schwaches Winseln. „Aber manchmal geht es nicht anders."

„Was wollen Sie?" Immer noch benommen, rappelte er sich wie in Zeitlupe auf die Knie.

„Deinen Arsch", antwortete ich bestimmt und spannte den Hahn des Revolvers.

Die Pupillen des Stalkers weiteten sich merklich.

„Keine Sorge, wenn du brav mitspielst, lass ich den Rest dran und nehm dich in einem Stück mit."

„Aber ..., wohin?"

„Wohin? Zu den Bullen. Und dann ab in den Knast. Wohin denn sonst?"

„Wwer ssind Sie?", stammelte er, von meinen Worten sichtlich getroffen.

„Bratfisch", sagte ich. „Kurt Bratfisch, Privatdetektiv." In einem Ton, der jeden Kommentar zu diesem Namen schon im Keim erstickte.

„Okay", kam es kleinlaut zurück. „Darf ich aufstehen?"

„Von mir aus. Gibt es hier irgendwo was zu trinken?"

„In der Küche."

„Gut, dann vorwärts. Aber ganz langsam. Bei der ersten falschen Bewegung hast du nämlich ein Loch im Knie."

Lars Andersen nickte ergeben. In der Küche dirigierte ich ihn mit dem Revolver an einen kleinen Tisch. Auf dem Bord über der Heizung entdeckte ich eine Flasche Schnaps hinter einem Großgebinde Röstzwiebeln. Ich schnappte zwei fleckige Gläser von der Spüle und schenkte großzügig ein. Der Stalker nahm die Einladung dankbar an. Weil ich kein Unmensch bin, gönnte ich ihm noch eine Ration. Nach zwei Gläsern hatte er genug Selbstvertrauen getankt, um weitere Fragen zu stellen.

„Darf ich rauchen?"

„Klar", sagte ich und sah ihm dabei zu, wie er sich mit zitternden Fingern eine Zigarette aus der Packung klaubte. Lars Andersen war sichtlich angeschlagen. An seinem Haaransatz hatte sich eine tischtennisballgroße Beule gebildet. Mehr als zwei Tage würde sie ihn aber nicht belasten. Türen und Köpfe. Damit kannte ich mich mittlerweile aus.

„Was wollen Sie von mir?", fuhr er fort und glotzte dabei so stumpf wie das letzte Einhorn.

„Das weißt du nicht?"

„Nein."

„Aber Sarah Morgentau ist dir ein Begriff."

„Das Model?"

„Natürlich, oder gibt es sonst noch jemanden mit so einem bescheuerten Namen."

Der Stalker schaute mir tief in die Augen, traute sich aber nicht, meinen eigenen Namen ins Spiel zu bringen. Glück gehabt. Um ihm den erneuten Gesprächseinstieg zu erleichtern, wiederholte ich seine letzten Worte. „Ja, das Model."

„Ich habe für sie gearbeitet."

„Gearbeitet?" Jetzt war ich sprachlos. Entweder war dieser Kerl der schamloseste Lügner seit Josef Ackermann, oder ich hatte den wichtigsten Teil der Story verpasst. Das Gespräch begann, kompliziert zu werden. Weil ich nicht wusste, was ich sagen sollte, kippte ich meinen noch jungfräulichen Schnaps. Ein schwerer Fehler, wie sich sogleich herausstellen sollte. Ein Destillat aus verdorbenen Makrelen und Menthol legte sich wie ein Ölteppich über meine Geschmacksnerven. Fassungslos stierte ich auf das Etikett der Flasche. Lars Andersen grinste so breit, dass seine Ohren Besuch bekamen.

„*Fisk*. Direkt aus der Heimat. Gut, oder?“

„Wo ist das?“, fragte ich, um sicherzugehen, den Ort umgehen zu können.

„Dänemark.“

Wieder ein Land auf der Schwarzen Liste, dachte ich und versuchte, die Konversation auf das Wesentliche zu beschränken. „Was meinst du mit ’gearbeitet’?“

„Sie hat mich beauftragt, ein paar Kleinigkeiten für sie zu erledigen.“

Damit hatten wir eine erste Gemeinsamkeit. „Was für Kleinigkeiten?“, fragte ich.

„Spezielle Kleinigkeiten.“ Langsam ging mir dieser Typ gehörig auf den Sack. Ich schob ihm den Revolver dicht unter die Nase und bat dringlichst um eine Portion Klartext. Das wirkte. Der Revolver und ich. Freunde fürs Leben.

„Ich hab ihr Pralinen gebracht und Blumen besorgt. Telefonieren gehörte auch zu meinem Tätigkeitsbereich. Meistens am frühen Abend, manchmal aber auch tagsüber. Die Pakete hingegen musste ich immer nachts vor die Tür legen. Sie wollte das so ...“

„Sie wollte das!“, unterbrach ich seinen Redeschwall. „In Fachkreisen nennt man das Stalking. Du weißt doch hoffentlich, was das ist?“

„Natürlich. Das willentliche und wiederholte Verfolgen oder Belästigen einer Person, deren physische oder psychische Unversehrtheit dadurch unmittelbar, mittelbar oder langfristig bedroht oder geschädigt werden kann“, antwortete er.

„Richtig“, schnaubte ich wütend. „Und außerdem verboten in Deutschland.“

„Ein Straftatbestand, um genau zu sein. Es sei denn, die Person erklärt sich damit einverstanden.“

„Warum sollte sie das tun?“

„Ganz einfach. Weil sie in den Medien präsent bleiben will. Sarah Morgentau ist ein C-Promi. Sie hat eine Casting-Show gewonnen, ein paar Auftritte in drittklassigen Fernsehsendungen hinter sich, aber außer ihrem Körper kein wirkliches Kapital. Sie kann nicht singen, dreht keine Filme und hat keine Werbeverträge. Noch nicht. Von daher ist sie darauf angewiesen, von Zeit zu Zeit in den Boulevardmagazinen aufzutauchen. Aus welchem Grund, ist vollkommen egal.“ Lars Andersen drückte seine Zigarette im Aschenbecher aus. Seine strahlend blauen Augen wandten sich sehnsuchtsvoll dem Schnaps aus der Heimat zu. Auch wenn mir sein Hang zur Selbstgeißelung fremd war, nickte ich beiläufig und gewährte ihm eine weitere Dosis.

„Du meinst, sie hat dich engagiert?“

„Klar. Und nicht nur mich. Ein C-Promi ist auf die Mitarbeit vieler Leute angewiesen. Zuerst einmal Fans, ein paar Leute aus den Medien, Fotografen und Kolumnisten, angebliche Affären mit mehr oder minder bekannten Leuten aus der Branche und eben auch Typen, die sich auf die Schattenseiten des Ruhms spezialisiert haben.“

„Typen wie dich?“

„Genau. Lars Andersen. Belästigungen und Aufdringlichkeiten aller Art zu günstigen Festpreisen. Diskretion Ehrensache.“ Darauf kippte er mit stolzgeschwellter Brust sein Glas. Ich glaubte ihm jedes Wort. Eine so wirre Geschichte konnte man sich gar nicht aus den Fingern saugen. Dänen lügen nicht, das hatte bereits Otto Waalkes festgestellt. Ein professioneller Voyeur aus Skandinavien. Nordic-Stalking, dachte ich und schüttelte fassungslos den Kopf.

Zwölf

Wir saßen nicht nur in einer Küche, wir saßen in einem Boot. Ich senkte die Waffe, warf das Handtuch und schwenkte die weiße Fahne. Den harten Mann nahm mir nach dem Genuss des zweifelhaften Schnapses sowieso keiner mehr ab.

„Dann sind wir Kollegen", seufzte ich und spendierte eine Runde Fluppen. „Gibt es außer diesem Zeug hier noch was anderes zu trinken?"

Ein Zeigefinger deutete vage in Richtung Kühlschrank.

Im Gemüsefach lungerten ein paar Dosen Bier, die zu meinem Glück nicht von Tuborg waren. Von dänischen Spezialitäten hatte ich in diesem Leben genug.

„Sorry, wegen der Beule", sagte ich und reichte dem Stalker eine Dose. „Wenn man's kühlt, tut's morgen bestimmt nicht mehr weh." Lars Andersen öffnete die Dose. Offensichtlich hatte er beschlossen, seine Wunde von innen zu versorgen. Der Kerl war mir gar nicht so unähnlich. Danach gönnte er sich ein weiteres Glas *Fisk*. Ehrfürchtig bestaunte ich seine Nehmerfähigkeiten.

„Ist übrigens nur 'ne Schreckschusspistole", bekannte ich reumütig und legte den Revolver auf den Küchentisch. „Vollkommen ungefährlich, nur höllisch laut. Ich hab das Ding mal im Auto abgefeuert und noch Tage danach die Rückkopplung in den Ohren gehabt. Ein ganz schriller Ton, wirklich nervig. Ähnlich wie im Herbst '88. Damals bei AC/DC in der Festhalle. *Heatseeker*. Fantastische Tour. Was für ein Konzert. War das eigentlich auch ein Hit in Dänemark? *Heatseeker*?"

Der Däne guckte befremdet.

Sicherheitshalber sang ich die erste Strophe kurz an. „*You're ready to rock … You're ready to roll …*" Dann den Gitarrenlauf. „*Dadada dada dabdab …*"

„Was zur Hölle wollen Sie von mir?"

„Sagte ich das nicht? Deinen Arsch. Aber die Situation hat sich verändert. Wie auch immer, ich bin Kurt." Zum Zeichen der Versöhnung hob ich die Dose und trank einen Schluck. Lars Andersen starrte mich ungläubig an. „Wie ich schon sagte, wir sind Kollegen. Ich stehe ebenfalls in Diensten von Sarah Morgentau, und mein Auftrag war es, dich zu finden."

„Mich?"

„So sieht's aus."

„Aber warum ..?"

„Genau das will ich auch wissen. Auf jeden Fall stinkt die Sache zum Himmel."

Der Däne genehmigte sich auf diese Erkenntnis einen weiteren Schluck. „Dann waren Sie das, der mir in der Nacht, als die ganze Scheiße passiert ist, auf den Fersen war."

„Du", verbesserte ich ihn. Am Ruder der selben Galeere duzt man sich. „Und wenn ich nur einen Funken schneller gewesen wäre, hätten dich die Bullen kassiert und dir längst ein Zimmer in Preungesheim reserviert."

„Verdammt."

„Du sagst es. Fragt sich nur, wie wir jetzt weitermachen. Das Problem ist nämlich noch ein wenig komplexer."

„Was heißt das?"

„Dass wir nicht alleine waren. Sagt dir der Name Ahmed Göktan etwas?"

„Nie gehört. Wer ist das?"

„Ein Paparazzo."

„In der Branche kenn ich mich nicht aus."

„Sein Mercedes stand direkt vor meinem Volvo, als du dich an der Terrassentür der Villa zu schaffen gemacht hast. Und wenn ich mich nicht komplett täusche, hat er dabei ein paar gestochen scharfe Bilder von dir gemacht. Der Mann ist Profi und seine Ausrüstung entsprechend gut."

Lars Andersen setzte sein Bier ab und stand auf. „Bin gleich wieder da", sagte er und verschwand im Flur. Kurze Zeit später kehrte er mit einem braunen DIN-A5-Umschlag zurück. Er entnahm dem Kuvert einen Stapel Fotos und verteilte sie wie Spielkarten zwischen den leeren Bierdosen. Auf allen Abzügen war der Däne eindeutig zu identifizieren. Als Einbrecher vor Sarah Morgentaus Villa. Zur Sicherheit waren Datum und Uhrzeit am unteren Bildrand eingeblendet worden.

„Dann sind die wohl von ihm."

Ich schnappte mir eines der Bilder und nickte zustimmend. Ahmed Göktan hatte offensichtlich noch einen anderen Verwendungszweck für seine Fotos gefunden, der in keiner Steuererklärung auftauchte. „Wie viel verlangt er von dir?", fragte ich interessiert.

„Zehntausend."

„Klingt nach einer realistischen Forderung."

„Realistisch?"

„Wenn man bedenkt, worum's geht."

„Woher soll ich zehntausend Euro nehmen?", ereiferte sich der professionelle Stalker über die Bierdosen hinweg. Offenbar stand sein Geschäft noch auf keinem soliden Fundament.

„Keine Ahnung", sagte ich. „Aber im Vergleich zu ein paar Jahren Knast sind zehntausend nicht zu viel."

Lars Andersen zerdrückte verärgert seine Bierdose. „Ich kann das Geld unmöglich auftreiben. Dieses Arschloch kriegt keinen Cent von mir. Schließlich war alles, was ich getan habe, mit Frau Morgentau abgesprochen und damit vollkommen legal."

„Und das würde Frau Morgentau auch jederzeit vor Gericht bezeugen?“

Abermals knackte das Weißblech.

„Natürlich nicht.“

„Wie lautete denn die genaue Absprache?“

„Es gab keine besondere Absprache. Sie wusste, dass ich irgendwann im Laufe der Nacht auftauchen und Unruhe stiften würde. Das war alles. Ich war selbst völlig überrascht, als sie plötzlich die Pistole gezogen und damit rumgeballert hat.“

„Nur so aus Interesse: wie ist das denn mit anderen Kunden? Passiert so was öfter?“

„Nein, sonst hätte ich den Job längst an den Nagel gehängt. Bisher konnte ich mich auf meine Kunden hundertprozentig verlassen. Ärger hatte ich nie. Im Gegenteil, viele sind überaus großzügig.“

Diese Welt war mir ein einziges Rätsel. Ich warf das Foto auf den Küchentisch und nahm mir stattdessen ein weiteres Bier. Mit einem leisen Zischen sprudelte der Schaum über den Dosenrand. „Hast du schon einen Plan, wie du die Sache mit den zehntausend Euro angehen willst?“, fragte ich und lehnte mich entspannt in den Küchenstuhl.

„Nein“, grummelte Lars und stopfte die Bilder zurück in den Umschlag. „Das Ding war erst heute morgen in meinem Briefkasten.“

„Ich wüsste da vielleicht was“, sagte ich und setzte mein Pokerface auf. „Kostet allerdings ’ne Kleinigkeit.“

„Wie viel?“, fragte er genervt.

„Kann ich noch nicht sagen. Hängt von den Umständen ab. Aber auf jeden Fall keine zehntausend.“

„Was hast du vor?“

„Betriebsgeheimnis“, faselte ich und wandte mich wieder

meinem Bier zu. „Ach, übrigens. Was sollte die Nummer mit den zauberhaften Vogesen?“

„Der Bildband?“

„Genau der.“

„Ich mache mir immer ein präzises Bild von meinen Kunden. Vorgespräche sind wichtig. Vorlieben, Ängste und so weiter. Wir haben uns über Urlaub unterhalten. Sarah Morgentau hat mir erzählt, dass sie da gerne mal hinfahre würde. Ihr Großvater ist dort aufgewachsen.“

„Wie romantisch“, sagte ich und dachte darüber nach, wie unterschiedlich die Vorstellungen vom Leben doch sind. Ich hatte seit achtunddreißig Jahren Urlaub und war noch nie auf eine solche Idee gekommen. Eigentlich auch logisch. Mein Großvater kam aus Nied. „Hast du dich jetzt entschieden?“

Der Däne nickte.

Und ich hatte einen neuen Auftraggeber.

Der Biervorrat reichte noch eine weitere Stunde, bis Lars Andersen kopfüber auf die Tischplatte sank. Auch meine Lider hingen bedenklich auf Halbmast. Der Kerl tat mir leid, und weil Alkohol solidarisch macht, kippte ich den letzten Rest Fisk in einem Zug für ihn ab. Das Zeug brannte bis in die Fußnägel. Dann krickelte ich ihm meine Handynummer auf den Unterarm und wankte nach draußen. Zettel gingen schnell verloren. Unterarme hingegen selten. Spätestens morgen würde er mich anrufen. Der Name Bratfisch prägt sich ein.

Eine Weile torkelte ich ziellos durch den Nieselregen, bis mich die Leuchtreklame einer Trinkhalle ansaugte wie ein flatterndes Insekt. Ich umarmte den Tresen wie einen guten Freund, orderte Kaffee mit Cognac und sackte auf einer schmalen Bank zusammen. Eine Hand, die vermutlich zu mir gehörte, entflammte eine Zigarette. Die andere umklammerten den heißen Plastikbecher. Ich schloss die Augen. Mir wurde schwindelig. Was war das für eine verlogene Mischpoke! Nichts war mehr echt. Das Leben eine einzige Lüge, eine schmierige Komödie, eine billige Inszenierung mit eingespielten Lachern. Nur die Eintrittspreise waren real. Real und sündhaft teuer. Einige bezahlten sogar mit ihrem Leben. Und was erwartete sie? Eine Ansammlung von Masken und Marionetten. „MASKEN UND MAYONETTEN“, lallte ich, um meine plötzliche Erleuchtung auch sprachlich zu fixieren. Nur: wer zog die Fäden? „WER UM HIMMELS WILLEN ZOG DIE VERDAMMTEN FÄDEN?“ Und wo lag die Verantwortung? Mir war schlecht. Die ganze Welt drehte sich im Kreis. „VERANTWORTUNG!“, brabbelte ich sinnlos vor mich hin und stolperte auf direktem Weg ins *Bad Vibes.*

Der Bürgersteig wurde mit jedem Schritt schmaler. Wieder und wieder schrammte ich mit der Schulter gegen sich plötzlich nähernde Hauswände, klammerte mich an Briefkästen und hangelte mich unbeholfen von Außenspiegel zu Außenspiegel die Straße entlang. Als ich das *Bad Vibes* erreichte, hatte ich nebst einer abgeknickten Kippe auch einen Scheibenwischer in der Hand. Lang und dünn, dachte ich, und steckte das Teil in den Schirmständer. Wie in den letzten Tagen war der Laden auch jetzt wieder gut gefüllt. Zielstrebig kämpfte ich mich durch die Massen. Aus den Boxen dröhnte „*What is Love?*“ von Haddaway. DJ Demenz war voll in seinem Element und hämmerte mit der Faust durch die nebelverhangene Luft, als könne er damit irgendetwas zur Musik beitragen. Sein Kopf wippte im Takt des stumpfen Beats hin und her. Er war gänzlich unvorbereitet. Mit einem letzten Anflug von Koordination stürzte ich mich mit einem Hechtsprung auf seinen Laptop. Ich war schnell. Sehr schnell. Beinahe Lichtgeschwindigkeit. Seine linke Hand klemmte noch zwischen

Bildschirm und Tastatur, ehe ich mich mit breitem Schwall auf den Computer übergab. Haddaway sang seinen letzten Refrain.

What is love?

Die Frage blieb unbeantwortet.

Für eine Millisekunde war ich mit der Welt wieder im Reinen.

Wie alle Siege war auch dieser nur von kurzer Dauer. Die Faust des DJs traf mich hart in die Magengrube. Abermals musste ich kotzen. Mehr hatte ich ihm nicht entgegenzusetzen. Eine Hand zog mich an den Haaren nach unten. Es folgten Schläge und Tritte aus allen Richtungen. Aus dem Augenwinkel erkannte ich Kanonen-Robert, der sich hinter den Zigarettenautomat kauerte und so tat, als würde ihn das alles nichts angehen. Vermutlich hatte er recht. Ein letztes Mal bekam ich den Kopf hoch, bevor mich die Wucht eines Bierkruges endgültig niederstreckte. Die Welt wurde leicht und schwerelos. Ich schwebte wie eine Feder über ihr.

What is love?
Baby dont't hurt me,
Don't hurt me,
No more.

Als ich aufwachte, war ich im Himmel. Mein Körper wiegte sich in Watte. Prächtige Lichterscheinungen von bizarrer Schönheit tanzten um mich herum wie liebestolle Glühwürmchen in einer lauen Sommernacht. Ich fühlte mich gut. Warm und aufgehoben, bis ich den großen Fehler beging, die Augen zu öffnen. Sandys Blick ließ es augenblicklich wieder November werden. Ich zählte langsam bis drei, scheiterte aber kläglich.

„Was sollte das gestern Abend? Wie betrunken kann man eigentlich sein?“

Alle siebenunddreißig Arten von Kopfschmerzen meldeten sich unverzüglich zurück.

„Ich rede mit dir!“

Ich schwieg.

Dann knallte die Tür.

Wieder fehlten mir ein paar Stunden. Draußen dämmerte es bereits. Ich tippte auf Nachmittag. Genau genommen wusste ich es nicht besser. Ich stand auf und ging pinkeln. Im Badezimmerspiegel erkannte ich Teile meines Gesichts wieder, andere erschienen mir fremd und abstrakt. Auch die farbliche Ausgestaltung war unausgewogen. Ich versuchte den Anblick zu verdrängen und schlurfte in die Küche.

Das Langzeitgedächtnis hingegen arbeitete noch einwandfrei. Schon Minuten später gurgelte heißes Wasser durch die Kaffeemaschine, und der Rauch einer Zigarette wand sich in spiralförmigen Schleifen den phosphoreszierenden Sternen an Sandys Küchendecke entgegen. In einem Hängeschrank stieß ich auf eine angebrochene Tüte Köllnflocken. Mehr konnte ich meinem angeschlagenen Magen ohnehin noch nicht zumuten. Froh darüber, nicht kauen zu müssen, übergoss ich die Flocken mit H-Milch und würgte den Brei hinunter. Löffel für Löffel kehrte die Erinnerung an die vergangene Nacht zurück. Für einen kurzen Moment manifestierte sich auch der Nachgeschmack des dänischen Fusels auf meiner Zunge, wurde aber gerade noch rechtzeitig von Kaffee und Haferflocken überdeckt. Erleichtert atmete ich tief durch.

Nach dem Frühstück machte ich mich auf die Suche nach meinen Klamotten. Eine gute Seele hatte sie über den Rand der Badewanne gehängt. Ich rieb die hart gewordenen Bröckchen von der Hose und zog mich an.

Dann entdeckte ich den Zettel.

Wäre schön, wenn du heute Abend nicht ins Bad Vibes kommst.
Sandy

Nichts anderes hatte ich vor.

Dreizehn

Stattdessen verkroch ich mich in meinem Büro. Aus Langeweile schaltete ich den Fernseher ein und zappte mich durch 37 sinnlose Programme. Eine Weile blieb ich fasziniert bei einer Wahrsagerin hängen, die für 99 Cent pro Minute bunte Tarotkarten in die Kamera hielt und einem Anrufer seine Probleme erklärte. Gespannt hörte ich zu, denn ich hatte die gleichen. Ich erfuhr, dass sich das Blatt schon im Februar entscheidend für mich wenden werde. Bis dahin sollte ich mich in Geduld üben und gegebenenfalls noch mal bei ihr melden. Das brachte mich keinen Meter weiter. Im Gegensatz zu dem Idioten am Telefon hatte ich für diese Erkenntnis aber keine zehn Euro gelatzt. Einen Programmplatz weiter verriet eine dunkelhaarige Frau ihrer besten Freundin bei einer Tasse Kaffee den Namen einer Arznei, die ausschließlich und selbstredend segensreich im Dickdarm wirkt. Darüber reden Frauen also beim Kaffee, dachte ich und drückte erneut auf die Plustaste meiner Universalfernbedienung. Die Mattscheibe füllte sich mit dem Gesicht von Sarah Morgentau. Wie bei unserer letzten Begegnung war ihr Gesicht tränenüberströmt. Mit dünner Stimme klammerte sie sich an auswendig gelernte Phrasen und eine blonde Moderatorin, deren Fragen so unterbelichtet waren wie ihr Teint. Vom „Schicksalsschlag, der ihr Leben für immer verändert hatte“, war da die Rede und der „Ausweglosigkeit eines Lebens im Rampenlicht“. Immer wieder stockte das Gespräch, weil das Nachwuchsmodel hinter Bergen von Kleenextüchern verschwand. Die Kamera schwenkte auf einen langbärtigen Psychologen, der sich nicht zu schade war, dieses Geseier auch noch wissenschaftlich zu unterfüttern, während er sich mit den Fingern längliche Furchen in den Vollbart pflügte. „Nichts wird mehr sein, wie es war."

Kurze Einspieler mit prominenten Stalkingfällen vollendeten dieses pseudoinvestigative Desaster. Das Ganze kam der Wahrheit so nahe wie Heidi Klum dem Nobelpreis für Philosophie. Sarah Morgentau war das Opfer. Die Öffentlichkeit wollte es so. Fassungslos starrte ich auf den Bildschirm, bis eine Werbeunterbrechung diese Lüge durch andere Unwahrheiten ersetzte.

Im zweiten Teil der Sendung sollte schließlich die Schuldfrage geklärt werden. So verzerrt die Geschichte auch dargestellt wurde, auf einen Schuldigen konnte oder wollte man nicht verzichten. Und wenn das schießwütige Nachwuchsmodel dazu nicht taugte, musste eben ein anderer dafür herhalten. Zuerst wurde „die Gesellschaft" als Ganzes in die Verantwortung genommen. „Eine Gesellschaft, die so etwas zulässt, ist keine Gesellschaft" und ähnlicher Unfug mehr. Dann trat ein Polizeisprecher ins Bild und präsentierte mit stolz geschwellter Brust das Foto eines Mannes, der sich an einer Terrassentür zu schaffen macht. „Die Ermittlungen konzentrieren sich auf diese Person", raunzte er durch einen „Die Höhner" vergessen lassenden Schnauzbart und fügte hinzu, dass „ die Fahndung bereits auf Hochtouren läuft". In welche Richtung, schien dabei völlig egal zu sein. Gott sei Dank war das Foto von Lars vollkommen unbrauchbar. Nicht einmal seine Mutter hätte ihn darauf erkannt. Trotzdem musste ich heftig schlucken. Es gehörte zu einer Serie. Die gelungenen Aufnahmen lagen zwischen zerdrückten Bierdosen auf einem Küchentisch in Bornheim. So wie sich die Dinge entwickelten, war ihr Marktwert inzwischen um einiges gestiegen.

Noch während des Abspanns vibrierte mein Handy. Obwohl ich es besser wusste, ging ich dran.

Die Stimme des Stalkers klang brüchig. Leider konnte er sich noch an jede Einzelheit der vergangenen Nacht erinnern und bestand auf meiner umgehenden Hilfe. Ich versuchte das Unheil abzuwenden und ihn auf morgen zu vertrösten, doch der Däne verlangte nach Taten. In zähen Verhandlungen erkämpfte ich mir eine Frist von einer weiteren Stunde, dann würde er hier eintreffen. Bis dahin musste mir etwas eingefallen sein. Emotional ausgelaugt und bar jeder eigenen Idee versuchte ich es in meiner Not bei Kanonen-Robert und köderte ihn mit dem versprochenen Schnaps. Auch wenn ich nicht für fünf Cent daran glaubte, dass er mir in irgendeinem Bereich meines Lebens weiterhelfen konnte: für die notwendige Zerstreuung würde er zweifelsohne sorgen. Außerdem waren wir dann zu zweit. Und zu zweit ist man vor allem eines: einer mehr.

Stalker und Stuntman, dachte ich: diese Kombination macht dir so schnell keiner nach.

Die Flasche Glenmorangie war so gut wie leer. Ich angelte mir einen Trichter aus dem Hängeschrank über der Spüle und füllte sie mit einem No-Name-Produkt von Penny wieder auf. Kanonen-Robert würde den Unterschied nicht merken. Sandy machte das schon seit Jahren so, und niemand beschwerte sich, solange die Preise auf konstant niedrigem Niveau blieben. Kurz darauf enterte der Stuntman auch schon mein Büro.

„Hey, Kurt", schnaufte er und steuerte zielsicher auf den Whisky zu. Ich drückte ihm ein Glas in die Hand und pflanzte mich in den kunstledernen Chefsessel vom Sperrmüll.

„Geht's wieder?", fragte er und deutete in Richtung meines Gesichts. „Hast ja ganz schön was abgekriegt. Hat 'ne Weile gedauert, bis wir dich da wieder raus hatten."

„Geschenkt", sagte ich und winkte ab. „Sieht schlimmer aus als es ist."

Damit war die Angelegenheit für ihn erledigt. Offensichtlich hatte er kein allzu schlechtes Gewissen. Und wenn doch, wusste er gut damit umzugehen. Die Flasche war bereits um ein Viertel geleert.

Wenig später klingelte es erneut. Lars Andersen gesellte sich zu Kanonen-Robert auf die Besuchercouch und blickte mich erwartungsfroh an. „Also, was ist dein Plan?“

Wenn ich je einen gehabt hätte, säße ich jetzt nicht hier. Nicht mit euch und nicht in dieser Stadt. Anstatt auf die Frage einzugehen, stellte ich ihm den Stuntman vor. Dies sei ein Kollege, faselte ich und bat den Stalker um eine ausführliche Zusammenfassung der bisherigen Ereignisse. Aus Gründen der Vertraulichkeit hätte ich Kanonen-Robert den ich in diesem Zusammenhang nur Robert nannte noch nicht eingeweiht. Der Däne nickte zustimmend und begann zu erzählen. Die beiden verstanden sich prächtig. Einmütig griffen sie wechselseitig nach dem billigen Fusel. Ich schaltete in den Standby-Betrieb und wartete auf einen Geistesblitz.

„Ist doch ganz einfach“, hob Kanonen-Robert an, nachdem er dem Bericht des Stalkers aufmerksam gefolgt war.

„So?“, fragte ich, um gleich darauf wieder zu schweigen.

„Ganz einfach“, wiederholte der Stuntman. „Alles, was wir brauchen, sind die Bilder.“

„Die liegen bei Lars auf dem Küchentisch“, sagte ich sichtlich genervt.

„Nicht *die* Bilder. Die Originale.“

„Du meinst die Negative.“

„Sag ich doch. Die Bilder. Die Dings. Ihr wisst schon, was ich meine.“ Zu meinem Erstaunen schien Lars Kanonen-Roberts Gefasel folgen zu können und nickte abermals mit dem Kopf. „Und deshalb holen wir uns die Dinger einfach.“ Kurz darauf begann er heftig zu rülpsen. Der Däne schenkte sich ein weiteres Glas ein und starrte den Stuntman aus glasigen Augen an. „Dassis genial“, lallte er. „Genial.“ Dann fielen sich beide um den Hals und verschmolzen zu einem großen Knäuel, aus dem es aufgeregt zu tuscheln begann.

Auch zu dritt kann man sich sehr allein fühlen.

„Ich unterbreche nur ungern“, versuchte ich es erneut, „aber wahrscheinlich gibt es gar keine Negative. Das sind doch bestimmt Digitalfotos.“

„Natürlich“, gluckste Kanonen-Robert durch den Rauch einer Zigarette. „Deshalb müssen wir ja auch heute Nacht an seinen Computer.“

„Heute?“

„Je früher, desto besser. Wir trinken noch aus und dann los.“ Der Stalker klopfte dem Stuntman beifallsbekundend auf die Schulter und besiegelte den Plan mit einem Schluck aus der Pulle.

Ich konnte mein Glück kaum fassen.

Gegen Mitternacht war die Flasche endlich leer. Da sich mein weiterer Getränkevorrat in einem sicheren Geheimversteck befand, gab es für die beiden keinen vernünftigen Grund, die Sache noch länger aufzuschieben. Voller Tatendrang schnappte sich Kanonen-Robert den Autoschlüssel von meinem Schreibtisch und blies lautstark zum Aufbruch. Sein neuer Freund war bereits im Treppenhaus verschwunden. Meine Gegenwehr beschränkte sich darauf, ihnen hinkend nachzueilen. All zu schnellen Bewegungsabläufen fühlte sich mein Oberschenkel noch immer nicht gewachsen. Beladen mit Stuntman und Stalker lenkte ich den Volvo ins Westend und stellte den Schweden in sicherer Entfernung von der Agentur vor der Feuerwehreinfahrt eines Altenheims ab. Lars und Robert, die kurzzeitig eingenickt waren, schälten sich mit neu gewonnener Energie aus den Rücksitzen. Arm in Arm marschierten sie, ein mir unbekanntes Lied auf den Lippen, vorneweg. Ich dirigierte sie durch ein Gewirr von Einbahnstraßen zu Ahmed Göktans Agentur. Das Hoftor am Kettenhofweg war zugesperrt. Ich rüttelte unmotiviert ein wenig daran herum und wandte mich wieder zum Gehen.

„Hey, wo willstduhin?", echauffierte sich der alkoholisierte Stuntman.

„Nach Hause. Ist abgeschlossen."

„Abgeschlossen?"

„Ja, zu! Der Zaun ist Minimum zwei Meter hoch, und da oben sind messerscharfe Metallspitzen dran. Ihr könnt ja rüberklettern, aber ich für meinen Teil gehe jetzt heim. Ins Bett! Mir ist immer noch schlecht." Froh, dieser zum Scheitern verurteilten Schnapsidee ein jähes Ende bereitet zu haben, machte ich mich davon. Kurz darauf brummte ein Türsummer. Lars Andersens drückte das Metallgatter nach innen. Ein einfacher Knopfdruck ließ meine Argumente zerplatzen wie eine mit Backpulver gemästete Kakerlake.

„Auf, mir nach!", befahl der Stuntman und verschwand Seite an Seite mit dem Stalker im Hof der Agentur.

„Hey, wartet auf mich", rief ich und hastete ihnen nach. „Wie hast du das gemacht?" fragte ich Lars in die Dunkelheit hinein.

„Ganz einfach. Man muss nur die Verriegelung aufdrücken. Ist bei uns im Haus genauso."

„Und jetzt?"

„Was jetzt?"

„Na, wie kommen wir da rein?", motzte ich weiterhin schlecht gelaunt und deutete auf den Hauseingang.

„Bist du wirklich Privatdetektiv?"

Im selben Moment zerbarst eine Scheibe. Kanonen-Robert schüttelte sich die Scherben von den Schuhen und zog den Schirm seiner Baseballkappe nach hinten.

„Stahlkappen“, erklärte er mit einem breiten Grinsen und offenbarte zwei Reihen nikotingelber Zähne. „Wenn die Herren dann soweit wären, könnten wir die Kellerräume in Augenschein nehmen.“ Eine Handbewegung in meine Richtung verdeutlichte, dass mir die Ehre zu Teil wurde, voranzugehen. Rund um das Haus war es mucksmäuschenstill. Widerwillig zwängte ich mich durch das finstere Loch. Stuntman und Stalker folgten in kurzen Abständen.

„Eine Taschenlampe wäre nicht schlecht“, sagte der Däne.

„Liegt im Auto.“

„Toll.“

„Runter!“, schrie Kanonen-Robert plötzlich und warf sich auf mich. Ich knallte mit der Schulter gegen ein Metallregal und glitt zu Boden. Ein Leitz-Ordner prallte gegen meinen Kopf.

„Hey! Was soll das?“

„Dddd...der rote Punkt“, stotterte der Stuntman und krümmte sich wie ein Igel zusammen. „Scharfschützen“, fügte er mit dünner Stimme hinzu. Lars Andersen begann hysterisch zu lachen. Ein leuchtend roter Punkt blitzte über Kanonen-Roberts Stirn.

„Das ist mein Laserpointer“, japste der Däne in einen weiteren Lachanfall hinein.

„Ruhe jetzt!“, brüllte ich und hangelte mich an einem Regalpfosten hoch. „Verdammte Scheiße, wir haben hier einen Job zu erledigen!“

Das wirkte. Ohne weitere Zwischenfälle erreichten wir das Treppenhaus. Langsam gewöhnten sich meine Augen an die Dunkelheit. Im Gänsemarsch schlichen wir die Stufen nach oben, bis uns eine weitere Tür am Fortkommen hinderte.

„Und jetzt?“ fragte der Däne.

„Zurück in den Keller“, sagte ich. „Einen Werkzeugkasten suchen.“

Kanonen-Robert verstand das als Aufforderung und machte sich unverzüglich auf den Weg. Er war sichtlich bemüht, nach seinem Aussetzer im Keller wieder Land zu gewinnen. Wenig später kehrte er keuchend zurück. „Einen Werkzeugkasten hab ich nicht gefunden“, ächzte er und wischte sich den Schweiß von der Stirn. „Dafür hab ich das hier.“ Mit stolz geschwellter Brust präsentierte er ein Brecheisen, das er bis dahin hinter seinem Rücken verborgen hatte. Lars Andersen klopfte ihm kameradschaftlich auf die Schulter. „Na, dann los.“

„Ihr meint, ich soll ..?“

„Alter vor Schönheit“, sagte ich und meinte es auch so.

Der Stuntman setzte das Eisen an und stemmte seinen hageren Leib dagegen. Nichts geschah. Ich schaute ihm eine Weile fasziniert zu.

„Andersrum“, flüsterte ihm der Däne konspirativ zu und wedelte mit der Hand in die entgegengesetzte Richtung. Kurz darauf sprang die Tür mit einem Krachen nach innen auf.

Vierzehn

Ahmed Göktans Büro war so aufgeräumt wie mein Kühlschrank. Das fahle Licht einer Straßenlaterne beleuchtete einen nahezu leeren Raum. Außer einem überdimensionierten Schreibtisch mit Glasplatte und einer Reihe Metallschränke war das Zimmer uneingerichtet. An den Wänden prangten großformatige Schwarz-Weiß-Aufnahmen unterernährter Frauen. Sie waren allesamt nackt und froren sich die Seele aus dem Leib. Die Gänsehaut musste nachträglich wegretuschiert und zugunsten silberner Farbpigmente ersetzt worden sein. In Fachkreisen nannte man dergleichen Kunst.

Wir traten ein und sahen uns ziellos um.

„Worauf wartet ihr?", sagte ich gehetzt und wandte mich sofort dem Schreibtisch zu. Weil ich keine Antwort bekam, versuchte ich es deutlicher zu formulieren: „Auf, durchsuchen. Ihr nehmt euch die Schränke vor."

Kanonen-Robert und Lars öffneten einige Türen und arbeiteten sich planlos durch die Fächer. Der Schreibtisch war so sparsam möbliert wie das ganze Büro. Eine Tastatur, ein Flachbildschirm, das war es dann auch. Keine Notizzettel, keine Ablage, nicht einmal ein Stift lag herum. Der Mann stammte eindeutig von einem anderen Planeten. Unter der Glasplatte stand ein Rollcontainer mit mehreren Schubladen. Ich zog sie der Reihe nach auf und wühlte mich durch nichtssagenden Papierkram. In der untersten Schublade entdeckte ich vier Werbezettel unterschiedlicher Pizzalieferanten. Eine Gemeinsamkeit hatte wir also doch.

„Und?", fragte ich hoffnungsvoll.

„Hier ist nichts“, antworteten Kanonen-Robert und Lars.

„War auch nicht anders zu erwarten“, brummelte ich und fuhr den Computer hoch. „Versuchen wir's damit.“

Der Bildschirm färbte sich blau. Dann öffnete sich ein Fenster und verlangte nach einem Passwort.

„Scheiße!“

„Was denn?“

„Das Ding ist gesichert.“ Natürlich, dachte ich und ärgerte mich über die eigene Gedankenlosigkeit. Mit meinen technischen Fähigkeiten waren wir genau hier am Ende unserer Mission angelangt. „Kann einer von euch das Ding knacken?“ fragte ich, obwohl ich die Antwort bereits kannte. Und tatsächlich hoben sich synchron die Achseln meiner Begleiter.

„Dann brauchen wir Hilfe“, sagte ich und fummelte mein Handy aus der Jacke. Nach einer gefühlten Ewigkeit hob Manni endlich ab.

„Hi Manni, ich bin's: Kurt. Hör zu, ich hab da ein kleines Problem, bei dem du mir vielleicht helfen könntest.“

„Ich weiß, dass du's bist. Dein Name erscheint auf dem Display. Weißt du eigentlich, wie spät es ist?“ Ich wusste es nicht und wandte mich fragend an Kanonen-Robert.

„VIERTEL VOR ZWEI!“, schrie Manni in den Hörer.

„Wirklich?“, sagte ich und gab diese Information sofort weiter. Der Stuntman bestätigte die Zeitangabe.

„Was zum Teufel willst du von mir?“

„Eigentlich nichts Besonderes. Nur eine kleine Gefälligkeit. Wir stehen hier etwas ratlos vor einem Computer. Der Punkt ist, dass wir das Passwort nicht kennen und uns die Zeit ein wenig im Nacken sitzt.“

„Was für ein Computer? Und wer ist wir?“

„Das ist eine lange Geschichte. Jedenfalls sind wir direkt um die Ecke. Kettenhofweg. Nur fünf Minuten zu Fuß.“

„Etwa bei diesem Paparazzo?“

„Bingo.“

„Ihr seid in die Agentur eingebrochen und verlangt von mir, dass ich dazukomme, um den Rechner zu knacken?“

„Na ja ...“

„Bist du des Wahnsinns, Kurt? Ich bin doch nicht verrückt! Was ist, wenn man euch erwischt? Ich habe mir was aufgebaut. Ein gut laufendes Unternehmen. Das setz ich doch nicht wegen so einer Scheiße aufs Spiel!“ Er wäre wirklich ein Idiot, wenn er das täte, aber das musste ich ihm ja nicht auch noch bestätigen.

„Dauert nicht lange, bestimmt“, versuchte ich es stattdessen und hoffte auf ein Wunder.

„Vergiss es!“

„Ich würde dich nicht fragen, wenn es nicht wirklich wichtig wäre.“

„Ich habe NEIN gesagt.“ Bevor ich noch einmal ansetzen konnte, hatte er mich weggedrückt.

„Und?“, fragte Kanonen-Robert in die Stille hinein.

„Nichts, nada, niente!“

„Scheiße!“

„Fuck.“

„Ihr sagt es. Aber wenn der Prophet nicht zum Berg kommt, muss der Berg eben zum Propheten ...“

„Was?“ Der Stalker verstand nur Bahnhof. In Dänemark gibt es keine Berge. Soviel war klar. Wie es mit Propheten aussah, wusste ich nicht.

„Wir nehmen die Kiste mit“, sagte ich, um die Sache abzukürzen.

„Den Computer?“

„Ja, oder hast du ’ne bessere Idee? Morgen fahr ich das Ding dann zu Manni, und wir haben die Bilder im Kasten.“

„Was ist, wenn er eine Sicherungskopie hat?", fragte Kanonen-Robert und hatte damit einen seiner seltenen Geistesblitze.

„Stimmt. Er wäre ein Idiot, wenn er keine externe Festplatte hätte. Schaut mal in den Schränken nach. Der Schreibtisch ist sauber."

„Kurt?"

„Ja."

„Wie sieht so eine externe Dings denn aus?" Für einen Augenblick hatte er mich tatsächlich überrascht, doch Kanonen-Robert fand schnell wieder zu gewohnter Form zurück.

„Nimm einfach alles mit, was rechteckig ist."

Eine gute halbe Stunde später wuchtete ich den Rechner über die Laderampe des Volvos, stellte zwei Plastiktüten mit vermeintlichen Festplatten daneben und drehte die Zündung. Ich entließ Kanonen-Robert und Lars vor der erstbesten Kneipe in die Nacht und machte mich auf den Heimweg. Der Rest würde sich morgen finden.

Zuhause angekommen zappte ich mich aus Langeweile erneut durch alle 37 verfügbaren Sender. Eine Weile blieb ich bei einer drallen Blondine hängen, die nur halbherzig bekleidet vor einer Flipchart rumturnte, und die Zuschauer anflehte endlich bei ihr anzurufen. „Tiernamen mit K, das kann doch nicht so schwer sein", insistierte sie und knetete sich dabei die Silikonpolster. Vermutlich lautete die gesuchte Antwort „blöde Kuh", obwohl das strenggenommen mit B anfing. Das Ganze firmierte unter der Rubrik „Quiz". 37 Sender und 37 Arten von Kopfschmerzen. Darüber sollte Dan Brown mal ein Buch schreiben. Am Ende konnte man alles auf die Illuminaten schieben.

Fünfzehn

Sophia Perotta empfing mich mit einem Lächeln, für das andere Leute Haus und Hof versetzt hätten. „Herr Bratfisch", schnurrte sie und schlug ihre von einer schwarzen Nylonstrumpfhose umschmeichelten Beine grazil übereinander. Mit einer beiläufigen Handbewegung strich sie sich eine hell leuchtende Haarsträhne aus dem Gesicht und strahlte mich aus meerblauen Augen an. „Wie schön, Sie wiederzusehen." Dann erhob sie sich wie in Zeitlupe aus ihrem Stuhl, knöpfte sich das taillierte Jackett zu und stöckelte langsam auf mich zu. Die Luft füllte sich mit einem Duft, den Barry White und Sade in der Stimme hatten. Ich klammerte mich haltsuchend an den Rechner in meinem Arm.

„Ich schau gleich mal nach, was ich für Sie tun kann. Nehmen Sie doch Platz." Als sie im Nebenraum verschwunden war, schaffte ich es, den Mund wieder zu schließen und normal zu atmen. Wenig später öffnete sich erneut die Tür, und die blonde Sekretärin winkte mich wie eine Stewardess ins Cockpit.

Der folgende Anblick war weniger spektakulär. Manni und Clemens wippten auf zwei pinkfarbenen Sitzbällen um einen organisch geformten Schreibtisch herum und starrten verzückt auf den Bildschirm eines Laptops.

„Hey", sagte ich und stemmte Ahmed Göktans Computer vor ihnen auf den Tisch. Der Aufprall schreckte sie aus ihrer meditativen Versenkung. „Ich hab da was für euch. Wäre schön, wenn ihr euch das Ding mal vornehmen könntet."

Manni starrte mich ungläubig an.

„Was?"

„Den Computer", präzisierte ich. „Du wolltest ja gestern nicht kommen. Deshalb hab ich dir das Teil eben mitgebracht. Mich interessieren vor allem die Bilder. Wirklich wichtig sind nur die Dateien der letzten paar Tage."

Diesmal bekam Manni den Mund nicht zu. „Ist das irgendwie kompliziert?" fragte ich. „Ihr macht doch sonst nicht so'n Theater."

„Das Ding ist geklaut", stammelte Manni und deutete mit einem rindswurstdicken Zeigefinger auf den Rechner.

„Geliehen", verbesserte ich ihn. „Und je schneller ihr seid, desto schneller kommt es genau dahin zurück, wo ich es her habe. Oder muss ich euch daran erinnern, wer euch damals aus der Scheiße gezogen hat?"

„Wessen Computer ist das?", fragte Clemens, der nicht den Hauch eines Schimmers hatte, worüber wir redeten.

„Lass es dir von Manni erklären", sagte ich, inzwischen deutlich genervt. „Nur soviel: Es geht um Erpressung. Und ihr tut ein gutes Werk." Beide rangen sich ein vages Nicken ab.

„Gut", resümierte ich und zündete mir ein Zigarette an. „Unten im Wagen sind noch zwei Säcke mit Festplatten und ähnlichem Zeugs. Ich bring euch den Kram noch nach oben und mach mich dann wieder vom Acker. Ihr habt Zeit bis heut Abend. Kickert 'ne Runde und meldet euch. Coole Sitzbälle übrigens." Zum Abschluss immer was Nettes sagen, das hatte ich mal auf einem Kongress für angehende Versicherungsvertreter gelernt. Nur einer der zahlreichen Berufe, die ich nie ausgeübt habe.

Ich lenkte den Volvo durch den zähflüssigen Frankfurter Stadtverkehr. In Sachsenhausen machte ich Halt und gönnte mir eine Portion Falafel zum Frühstück. Die breiige Masse quoll im Mund auf wie Bauschaum. So ähnlich schmeckte sie auch. Um den Nachgeschmack zu übertünchen, kippte ich eine Dose Henninger hinterher und überließ die Reste einer organisiert operierenden Bande Stadttauben. An der Trinkhalle gegenüber erstand ich die billigste Flasche Weinbrand. Auf dem Rückweg zum Auto lutschte ich zwei Fisherman's Friends und versuchte die Mischung aus Knoblauch, Menthol und Bier mit französischen Zigaretten zu mildern. Am Scheibenwischer des Volvos klebte ein Zettel. Ich zog ihn ab und las: *Billige Arbeit, Gute Lohn. Einfach anrufen!* Darunter eine Handynummer und eine Mailadresse mit der Endung „tv". Ich steckte den Wisch in die Jeans. Falls Kanonen-Robert mal wieder anfing zu jammern, konnte ich ihn one-way nach Tuvalu schicken.

Zehn Minuten später kurvte ich den Lerchesberg hoch. Die Absperrungen rund um die Villa Morgentau waren verschwunden. Ein Großteil der Presse hatte sich bereits aus dem Staub gemacht. Nichts ist so uninteressant wie die Meldung von gestern. Ein paar Hartgesottene waren dennoch vor Ort. Sie lungerten um einen Kleinbus herum und klammerten sich an dampfende Kaffeebecher. Direkt vor dem Eingang der Villa parkte ein Streifenwagen. Ich drehte eine weitere Runde und entdeckte einen zweiten am hinteren Ende des Gartens. An der nächsten Ecke stellte ich den Wagen ab, verstaute die Flasche Asbach in meinem Mantel und stieg aus. Ein eisiger Luftzug schlug mir die Kapuze vom Kopf. Ich watete durch feuchten, modernden Blättermatsch den Gehweg entlang. Der Himmel war grau bedeckt. Wieder ein Tag, an dem es nicht hell werden würde. Für einen Nachtmenschen wie mich Idealbedingungen. Nur, dass mir die Feuchtigkeit von innen deutlich besser bekam.

Die Pressemeute empfing mich mit der für Frankfurt so

typischen Mischung aus Neugier und Argwohn. Erst als ich den Weinbrand ins Spiel brachte löste sich die Spannung. Nach zwei Runden waren wir beim Du. Ich outete mich als freier Mitarbeiter eines Käseblatts, dass allen abwehrenden Aufklebern zum Trotz, neunzig Prozent aller Frankfurter Briefkästen verstopfte.

„Ja, ja, sind schwere Zeiten", sagte einer und klopfte mir mitleidig auf die Schulter. Die anderen nickten zustimmend, froh darüber, dass es offensichtlich noch miesere Jobs als die ihren gab. Nach und nach lockerten sich die Zungen, und ich erfuhr, was ich erfahren wollte. Für das einfache Fußvolk gab es keine Chance auf ein Interview. Lediglich ein Privatsender, die BILD-Zeitung sowie Mitarbeiter von Kerner und Beckmann waren bislang zu Sarah Morgentau vorgedrungen. Die übrige Journaille wurde mit Pressemitteilungen des Managements abgespeist. So hieß es, sich in Geduld zu üben, bis das mediale Echo abebbte und auch auflageschwächere Blätter eine Brocken vom Kuchen abbekamen. Mit meiner Geschichte stand ich ganz am Ende einer langen Verwertungskette. Im Tausch gegen die Flasche erhielt ich eine dünne Mappe mit den Pressemitteilungen der vergangenen Tage. Ich verabschiedete mich artig und stapfte, den Mantelkragen bis unter die Nase hochgezogen, zurück zum Auto.

Der Volvo empfing mich mit laufender Standheizung. Ich steckte mir eine Kippe zwischen die Lippen und blätterte mich durch die spärlichen Informationen. Viel Neues war nicht dabei, lediglich die Nachricht, dass Andy Schlegl am morgigen Vormittag unter Ausschluss der Öffentlichkeit im engsten Familienkreis beerdigt werden sollte, erregte meine Aufmerksamkeit. Ich überlegte fieberhaft, von wem ich mir bis dahin einen schwarzen Anzug leihen könnte. Ergebnislos. Wie auch immer, bis morgen war noch reichlich Zeit. Ich vertagte die

Lösung dieses Problems auf später und sah mir den Briefkopf der Pressestelle an. Ellen Lavoire, Künstleragentur und Eventmanagement. Was sollte man auch anderes machen mit einem solchen Namen. Zu meinem Unglück residierte die Agentur im Nordend, dem natürlichen Feind eines fünf Meter langen Autos. Ich kurbelte das Seitenfenster runter und schnickte die aufgerauchte Kippe in eine Pfütze.

Der gemietete Stalker, dieser vollkommen schwachsinnige Bewachungsauftrag und dann die hinterhergeschobene Anzeige wegen Diebstahls – Sarah Morgentau hatte Dreck am Stecken. Es wurde höchste Zeit, ein wenig Staub aufzuwirbeln.

Der Vorteil eines unangemeldeten Besuchs ist, dass man nicht zu spät kommen kann. Das Haus in der Neuhofstraße machte einen soliden Eindruck. Ein Architekturbüro, ein Zahnarzt und die Künstleragentur Lavoire waren die einzigen Mieter. Ich klingelte bei dem Zahnarzt, nuschelte einen unverständlichen Namen und drückte kurz darauf die Haustür auf. Das Treppenhaus war frisch gebohnert. Ich schlängelte mich an einer streng blickenden Putzfrau vorbei in den dritten Stock. Dann zählte ich langsam bis drei, zog den Schreckschussrevolver aus dem Mantel und klopfte beherzt an die Tür.

Niemand reagierte.

Weil mir nichts Besseres einfiel, versuchte ich es erneut. Abermals keine Reaktion. Die Parkuhr gab mir noch zwei Stunden, dann war ich den Volvo los. So sind die Regeln im Nordend. Ich steckte den Revolver zurück in den Mantel, nahm drei Schritte Anlauf und warf mich mit der Schulter gegen die Tür. Zu meiner Überraschung sprang sie sofort auf. Im Flur lag eine bewusstlose Frau. Wozu habe ich mir eigentlich den Revolver geliehen, dachte ich und trat ein. Für die grobe Arbeit reichten Türen vollkommen aus. Das Schloss war noch heil. Offensichtlich hatte sie gerade die Klinke gedrückt, als ich mit Volldampf gegen sie preschte. Die Situation kam mir merkwürdig bekannt vor. Diesmal war es allerdings keine Absicht. Ich tastete nach dem Puls der Frau, stellte fest, dass er so zuverlässig lief wie der Dieselmotor des Volvos und sah mich in Ruhe um.

Das Büro wirkte wenig eindrucksvoll. Ein Alptraum in Chrom und Glas. Schreibtisch, Telefon, Computer und Aktenschränke, ein paar Grünpflanzen, abstrakte Farbkleckse-reien an den Wänden und der übliche Papierkram füllten den Raum. Zu meinem Glück war der Rechner noch in Betrieb. Ich klickte mich ein wenig durch die verschiedenen Ordner und kopierte, was mir wichtig erschien, auf einen Stick. Zu meiner Überraschung stolperte ich in der Kundendatei auch über meinen eigenen Namen. Als ich mir sicher war, nichts Interessantes mehr zu finden, schnappte ich mir die Gießkanne vom Fensterbrett, füllte sie mit kaltem Wasser und kehrte in den Flur zurück. Die Agenturchefin wälzte sich schwerfällig auf einem magentafarbenen Läufer. Ich senkte die Kanne und ließ das Wasser laufen. Schlagartig kehrte wieder Leben in den graukostümierten Leib der Hausherrin.

„Wer sind Sie?“, stammelte sie, noch immer sichtlich benommen, und wischte sich das kalte Nass aus dem Gesicht.

„Bratfisch“, sagte ich und wartete auf eine Reaktion.

Vergebens. Sie schloss die Augen. Verärgert goss ich eine Ladung Wasser nach.

„Lassen Sie das!“

Ich hob die Kanne und sah sie herausfordernd an.

„Was wollen Sie von mir?“ Jetzt war ihre Stimme fest und klar. Ich hatte das merkwürdige Gefühl, diese Stimme schon einmal irgendwann gehört zu haben.

„Wissen, was hier läuft“, sagte ich unbestimmt. „Und erzählen Sie mir keine Märchen, das meiste hab ich mir nämlich schon selbst zusammengereimt."

„Verpissen Sie sich, oder ich rufe die Polizei."

Na, also. Diesmal mischte sich eine Portion Unsicherheit in die Verärgerung. „Machen Sie das", sagte ich und entledigte mich der Gießkanne an der Garderobe. „Machen Sie das. Ich bin gespannt, was den Bullen dazu einfällt." Dabei ließ ich den Stick mit den kopierten Dateien dicht vor ihre Nase baumeln. „Einseinsnull ist die Nummer. Meine haben Sie ja bereits. Wir hören voneinander." Mit diesen Worten drückte ich mich an ihr vorbei in den Hausflur. „Und legen Sie Eis auf die Beule. Ich kenn mich da aus."

Sechzehn

Zurück auf der Straße, versteigerte ich meinen Parkplatz für einen Zehner an einen kurz vor dem Nervenzusammenbruch stehenden Porsche-Cayenne-Trottel und fuhr nach Hause ins Büro. Ich klappte den Laptop auf, steckte mir eine Zigarette in den Mund und begann zu lesen, was ich erbeutet hatte. Die Künstleragentur von Ellen Lavoire bediente ein breites Spektrum. Nahezu die komplette Frankfurter Pseudoprominenz tummelte sich in der Kundendatei. Von aufstrebenden Castingludern über nichtssagende Seriendarsteller bis hin zu einer abgehalfterten Lottofee war alles dabei, was in dieser Stadt Rang und Namen anstrebte. Zur Sicherheit kopierte ich alle Dateien auf einen zweiten Stick, versenkte das Teil in einem nur mit Erde und Zigarettenkippen gefüllten Blumentopf und setzte die Kaffeemaschine in Gang. Gerade, als ich die dampfende Brühe mit einem Schuss Cognac verfeinern wollte, klingelte das Telefon. Ich gönnte mir einen hastigen Schluck und nahm ab. „Bratfisch."

„Lavoire, Sie waren gerade bei mir."

„Ich weiß."

„Ich will verhandeln."

„Das ist gut", sagte ich und versuchte so zu klingen, als wüsste ich, worum es ging.

„Wie viel verlangen Sie?"

„Im Normalfall vierhundert am Tag plus Spesen", log ich und gönnte mir eine Schuss Cognac pur.

„Sehr witzig!", kam es barsch zurück. „Ich will den Stick."

„Der ist leider unverkäuflich", improvisierte ich. „Ein

Gigabyte, so was wird heutzutage gar nicht mehr hergestellt. Ich glaube nicht, dass …"

„Hören Sie auf mit diesem Geschwätz! Ich biete ihnen zehntausend. Dieses Angebot mache ich Ihnen nur ein Mal. Ich warne Sie. Ich habe Freunde, die sich auch auf anderem Wege um die Sache kümmern können."

Ich schwieg und dachte nach, woher ich diese Stimme kannte.

„Heute um Punkt sechs bei Ihnen im Büro."

Natürlich: das war die Frau, die den ersten Termin für Sarah Morgentau bei mir vereinbart hatte! Ihren Namen hatte sie nicht genannt, allerdings gesagt, das Model sei ihre Chefin.

„Haben Sie mich verstanden?"

Ich brummelte etwas Unverständliches.

„Gut. Wenn Sie die Dateien kopieren, sind Sie ein toter Mann."

Das hatte ich längst getan und erfreute mich dennoch bester Gesundheit. Von den zahlreichen Blessuren der letzten Tage mal abgesehen. Anstatt meiner erstarb lediglich das Gespräch.

Bis sechs war noch reichlich Zeit. Genug, um herauszufinden, was Ellen Lavoire dazu veranlasste, so plötzlich zehntausend Euro zu investieren. Zehntausend Euro, dachte ich, offensichtlich der übliche Satz bei Erpressungen. Das Gleiche verlangte Ahmed Göktan auch von Lars. Ich überlegte kurz, ob ich mich auf den Deal einlassen sollte, um damit den hilflosen Stalker auszulösen. Schmutziges Geld gegen schmutzige Bilder. Aber wozu hatten wir dann den Rechner geklaut? Nein, Manni würde das schon hinbiegen. Bis heute Abend war alles in trockenen Tüchern. Mit neuem Optimismus wandte ich mich wieder den Dateien der zwielichtigen Agenturchefin zu. Ich kramte Papier und Bleistift aus der Schreibtischschublade, versorgte mich mit Zigaretten und frischem Kaffee und legte los.

Zwei Stunden vergingen, bis ich erschöpft, aber glücklich auf die Früchte meiner Arbeit und einen reich gefüllten Aschenbecher blicken konnte. Drei vollgeschriebene Seiten. Geordnet nach drei Kategorien. Nichts wirklich Brisantes, aber genug, um sich einen Reim zu machen.

Erstes Blatt: Sarah Morgtentau.

Das Nachwuchsmodel war seit Staffel eins der Castingshow *Catwalk Calling* bei Ellen Lavoire unter Vertrag. Die Agentur kümmerte sich um alle Termine, öffentlichen Auftritte und Verträge. Ein Rundumsorglospaket, an dem Madame Lavoire mit sechzig Prozent aller Einnahmen beteiligt war. Zu Beginn lief es gut. Seeanemone und Putzerfisch. Die klassische *Win-win-Situation.* In letzter Zeit zeigte die Erfolgskurve jedoch rapide nach unten. Obwohl Sarah Morgentau hin und wieder noch für vereinzelte *Shootings* gebucht wurde, war die Öffentlichkeit nur wenig an ihrer *Personality* interessiert. Fernsehauftritte waren selten, und auch die *Printmedien* hatten sich längst neuen, oder wie es in der Sprache der Agentur hieß, *unverbrauchten* Gesichtern zugewandt. Ihre *Entwicklung* stagnierte ungeachtet der Tatsache, dass sie zusammen mit Andy Schlegl auf jedem noch so bescheuerten *Event* auflief. Der *Bohlen-Effekt* blieb aus.

Zweites Blatt: Kundendatei.

Interessante Namen gab es zuhauf, aber zwei davon stachen mir sofort ins Auge. Mein eigener und der von Lars Andersen. Beide einsortiert in einen Unterordner mit der Bezeichnung *personal support.*

Drittes Blatt: Die Speisekarte der *Pizzeria Napoli,* bei der Ellen Lavoire allwöchentlich ein Mittagessen bestellte.

Das Kombisparmenü Nummer 43, bestehend aus einer

Maxi-Pizza Milanese mit Extrabeilage, dem Salat Chef und einer Flasche Lambrusco zu 19,50 Euro. Lieferung frei Haus in die Stadtteile Nordend, Bornheim und Ostend.

Ich zögerte keine Sekunde. Es war viertel nach fünf. Der Pakistani am anderen Ende der Leitung versprach die Zustellung innerhalb der nächsten dreißig Minuten. Zufrieden kippte ich den letzten Rest Kaffee runter.

Exakt fünfundvierzig Minuten später klingelte es. Mit knurrendem Magen kramte ich einen Zwanziger aus dem Schreibtisch und postierte mich, aus Angst dem Hausverwalter erneut in die Arme zu laufen, hinter meiner angelehnten Bürotür. Sie schlug mir hart gegen die Schläfe. Ich sackte zusammen wie eine leckgeschlagene Hüpfburg. Von den nachfolgenden Tritten und Schlägen bekam ich schon fast nichts mehr mit.

Als ich wieder zu mir kam, zitterte ich am ganzen Körper. Ein Wassertropfen traf mich am Kopf und bahnte sich seinen Weg über die Berg- und Tal Landschaft meines verbeulten Gesichts. Ich versuchte ihn abzuwischen, scheiterte aber, weil mein Hände hinter dem Rücken zusammengebunden waren. Ein Hustenanfall förderte stechende Schmerzen an den Rippen zu Tage. Die Lage war ernst. Ich sah mich um, doch außer ein paar Heizungsrohren und einem mit Fliegendraht vergitterten Fenster gab es in diesem finsteren Kellerloch nicht viel zu entdecken. Die Fesseln schnitten mir in die Handgelenke, und mein Magen knurrte, allen Schmerzen zum Trotz, mit dem Stromzähler um die Wette. Irgendwo raschelte eine Ratte. Staub aufzuwirbeln ist die eine Sache, mit den Konsequenzen zu leben eine ganz andere.

Plötzlich regte sich etwas am Fenster. Zuerst nur ein leises, kaum wahrnehmbares Knirschen, in rascher Folge ersetzt durch energische Hammerschläge, bis schließlich das Fliegendrahtgitter, von einer schwarzen Fußsohle durchtreten, mit einem heftigen *Pardautz* aus den Angeln krachte. Glassplitter prasselten über den staubigen Betonboden. Eine schmale Schneise Licht fiel in den dunklen Raum. Ich krächzte nach Hilfe, scheiterte aber an der eigenen Stimme. Dem Stiefel folgte ein Körper. Der gleißende Strahl einer Taschenlampe durchschnitt die Dunkelheit wie ein Lichtschwert aus *Star Wars*. Ob es zu Luke Skywalker oder Darth Vader gehörte, blieb abzuwarten. Ich kniff die Augen zusammen und atmete tief durch. Jetzt wird alles gut – oder ganz schnell zu Ende sein. Obwohl von Hause aus eher Pessimist, hoffte ich auf ersteres.

„Du Bratfisch?", fragte eine energische Stimme mit italienischem Akzent.

Heilige Scheiße, die Mafia, dachte ich und beamte meine Seele in eine andere Galaxie.

„Nix verstehen, oder was? Du Bratfisch? Isse nix komplizierte Frage, hä!"

Der Italiener machte ein paar Schritte und bugsierte eine viereckige Styroporbox durch das zerschlagene Fenster.

„Maxi-Milanese, Salat Chef und Lambrusco?"

Ich nickte.

„Dio mio, warum du nix sage, dass Lieferung geht nach Fechenheim. Bist du dritte Kunde, wo macht diese Scheiße!"

„Tut mir leid", wisperte ich.

„Leid, leid, nachher immer alle tue leid. Kannst du nix kaufe von Leid! Zahlst du die doppelte Anfahrt!"

„Natürlich. Aber wie haben Sie mich eigentlich gefunden?"

„Seit zwanzisch Jahre ich fahre die Pizza. Kannst du dich verlassen, dass ich finde die Kunde. Jede! Und jetzt bezahle, aber pronto! Hab ich nix Zeit für große Gelaber."

„Ich bin gefesselt. Wenn Sie so freundlich wären …"

„Porca vacca! Was is das für eine Spiel?"

Ich hatte nicht die leiseste Ahnung, nur dass ich aussichtslos zurücklag.

In meinen Fingerspitzen begann es angenehm zu kribbeln, als sich das Blut seinen Weg durch die geschundenen Handgelenke bahnte. Ich rappelte mich hoch und durchwühlte die Taschen meiner Jeans.

„Zwanzig, mehr hab ich im Augenblick nicht dabei. Wenn Sie mich ein Stück mitnehmen, kriegen Sie hundert. Versprochen“, sagte ich und versuchte so etwas ähnliches wie Glaubwürdigkeit auszustrahlen.

„Mama mia, seh ich aus wie Taxi?“, kam es verärgert zurück.

„Nein, natürlich nicht. Aber ...“

„Hundertfumzig, und jetzt los, muss ich in halbe Stunde zurück sein. Die Vespa stehe drauße.“

Siebzehn

Meine Ohren fühlten sich an wie tiefgefrorene Fischfrikadellen, als wir das Treppenhaus von e-solutions.com betraten. Ich ließ den streng blickenden Pizzaboten in Sophia Perottas Vorzimmer zurück und stürmte ohne weitere Umschweife direkt in Mannis Büro. Die überaus attraktive Sekretärin stöckelte aufgeregt hinter mir her.

„Könnt ihr mir schnell etwas Geld leihen? Ich hab da ein kleines Problem mit dem Pizzalieferanten", keuchte ich und kämpfte dabei um jedes Sauerstoffmolekül in meiner Reichweite.

„Kurt?"

„Was ist denn mit Ihrem Gesicht passiert?"

„Hast du eben Pizza gesagt?"

„Ja, Pizza. Ich hab jetzt keine Zeit, das alles zu erklären. Der Typ wartet im Vorzimmer."

„Ich mach das", flötete Sophia und klackerte auf hohen Absätzen an mir vorbei. Manni und Clemens glotzten mich ungläubig an. In meiner Gegenwart schien ihnen das der einzig mögliche Gesichtsausdruck zu sein.

„Ich dachte, ich bring was zu essen mit", erklärte ich unbeholfen, wurde aber sofort wieder aus dem Off unterbrochen.

„Der Mann will hundertfünfzig Euro, für eine Pizza, und erzählt irgendwas von Fechenheim."

„Das ist okay", sagte ich und hob den Daumen. „Der Wein war teuer", fügte ich sinnlos hinzu.

„Was?"

„Original Lambrusco aus Italien. Kriegt man nur in Fechenheim. Und jetzt zu euch, habt ihr mir die Bilder kopiert?“ Das Büro füllte sich bis zur Decke mit Fragezeichen. Manni und Clemens hatten offensichtlich keine Ahnung, wovon ich sprach. Erst als Sophia Perotta mit der Styroporbox des Pizzalieferanten in den Armen das Zimmer betrat, erwachten die konsternierten Gesichtszüge der aufstrebenden Jungunternehmer zu neuem Leben. In meinen steifgefrorenen Ohren begann es zu glühen wie bei einer Kernschmelze in Biblis. Ich befreite die hilfsbereite Sekretärin von ihrer Fracht und stopfte mir gierig ein kaltes Stück Pizza in den Schlund.

„Greift zu“, sagte ich einladend und leckte mir ein verlorenes Stück Paprika von der Hand.

„Lambrusco kommt immer aus Italien“, stellte Clemens leicht zeitverzögert fest.

Ich ignorierte diesen Einwand und schob Manni die aufgeweichte Pappschachtel zu. Reflexartig angelte er sich ein Stück heraus. Mit einem leisen *Plopp* entkorkte Sophia unterdessen den Wein. Die Situation entspannte sich, bis Clemens den Fehler beging, einen Schluck zu probieren. „Bäh, was ist denn das für eine Plörre?“

Ich nahm ihm das Glas aus der Hand und kippte es in einem Zug ab.

„Geht doch“, sagte ich und überspielte den Würgereiz mit einem gekünstelten Hustenanfall. Niemand glaubte mir.

„Sind Sie wirklich in Ordnung?“, fragte Sophia Perotta mit besorgter Miene.

„Danke, ja.“ Zur Bestätigung schenkte ich mir ein weiteres Glas ein.

„Ich frage nur wegen Ihres ...“ Sie deutete vage mit einem kirschrot lackierten Fingernagel in Richtung meines Gesichts. Mir wurde schwindelig.

„Ach, das. Bin die Treppe runtergefallen. Sieht schlimmer

aus, als es ist. Kein Grund zur Sor …" Für einen kurzen Augenblick verfinsterte sich die Welt. In meinem Kopf drehte eine nicht näher zu bestimmende Anzahl aufgemotzter Motorräder ihre Loopings. Als ich die Augen wieder aufschlug, sah ich alles doppelt. Sophia Perotta hatte plötzlich eine Zwillingsschwester. Konzentriere dich auf die Mitte, dachte ich und konnte mich dennoch nicht entscheiden, welcher von beiden ich nun meine Aufmerksamkeit oder wahlweise mein Herz schenken sollte. Das musste ich auch nicht, denn kurz darauf wurde es endgültig dunkel und ich sackte bewusstlos vom Stuhl.

„Herr Bratfisch, Herr Bratfisch!"

Eine Haarsträhne kitzelte mir sanft über die Wange. Ich öffnete die Augen, erkannte Sophias Gesicht und ergab mich wehrlos meinem Schicksal.

„Öffnen Sie den Mund."

Ein schwerer Fehler, dieser Aufforderung unmittelbar Folge zu leisten, denn kurz darauf ergoss sich ein volles Glas Cola in meinen Rachen. Widerwillig erwachte ich zu neuem Leben.

„Alles okay?", fragte Manni.

Das war es natürlich nicht, aber was sollte ich sagen. „Ja", röchelte ich und wischte mir die klebrige Brühe aus dem Gesicht.

„Was zur Hölle sollte dieser Auftritt eben?", fuhr mich Clemens an. „Stell dir vor, wir hätten einen Kunden hier gehabt. Ab und zu passiert das nämlich. Was glaubst du eigentlich, was das hier ist!", ereiferte er sich weiter und wirbelte mit seinen spindeldürren Armen durch die Luft, als wolle er sich von lästigen Insekten befreien.

„Ganz ruhig", brummelte ich und meinte damit vor allem mich selbst. Erst als ein volles Glas Lambrusco vor mir stand, fuhr ich fort. „Alles was ich brauche, ist da drin." Ich deutete zielsicher auf Ahmed Göktans Computer, den ich in einer Nische zwischen Aktenvernichter und Papierkorb erspäht hatte. „Danach seht ihr mich nie wieder. Versprochen."

„Wirklich?"

„Ehrenwort", sagte ich so überzeugend wie Uwe Barschel. Zur Sicherheit reckte ich zwei Finger in die Luft und murmelte so etwas ähnliches wie einen Schwur. Manni und Clemens begutachteten die Geste mit misstrauischen Blicken. Dann wandten sie sich endlich dem Rechner zu. Ich dachte an Barschel und ließ in Gedanken schon mal Wasser in die Wanne.

„Lars?"

„Ja."

„Ich bin's, Kurt. Ist Robert bei dir?"

Das zweite *„Ja"* klang deutlich genervt.

„Gut, bleibt, wo ihr seid, ich bin in einer Stunde bei euch."

Im Hintergrund waren Geräusche zu hören, die entfernt an Walgesänge erinnerten. Kanonen-Robert halt. Irgendwie konnte einem der Däne leid tun.

Manni und Clemens atmeten erleichtert auf, als ich die Hand zum Gruß hob und mich endlich wieder auf den Weg machte.

„Tausendmal danke", sagte ich noch und schnappte mir den Pizzakarton mitsamt meiner Beute.

„Hey, was ist mit dem Rechner?", riefen mir die beiden Computerexperten im Duett hinterher.

„Hab ich euch nicht grad versprochen, dass ihr mich nie wiederseht?", konterte ich und gab meinem angeschlagenen Kreislauf die Sporen.

Achtzehn

Kanonen-Robert lag in der Badewanne und schlief. Vor seiner Brust dümpelte ein gekenterter Plastikaschenbecher. Die meisten Passagiere waren bereits über Bord gespült worden. Das brackige Badewasser war durchsetzt mit schwimmenden Zigarettenkippen. Ihre ockerfarbenen Filter leuchteten wie Schwimmwesten im fahlen Schein einer nackten Vierzig-Watt-Birne. Kein Eisberg weit und breit. Die Titanic war schon vor Stunden gesunken.

„Was ist mit ihm los?", fragte ich Lars, der kopfschüttelnd neben mir im Badezimmer stand.

„Keine Ahnung, wir haben *Fisk* getrunken. Er wollte eigentlich nur aufs Klo und ..."

„Verdammtes Teufelszeug!", fluchte ich. „Wir müssen ihn da rausholen und sofort ins Bett bringen. Ich brauch euch morgen."

„Du meinst, er soll hier ...?"

„Wo denn sonst? Stell dich nicht so an. Wirst du erpresst oder er? Also. Ich zieh den Stöpsel, und dann auf drei."

Nur wenige Minuten später schlummerte der angeschlagene Stuntman im Bett des Stalkers. Ich folgte Lars in die Küche und kippte die restlichen Fiskvorräte in den Ausguss.

„Hey, was machst du da!"

„Das, was ich schon längst hätte tun sollen", sagte ich. „Klar Schiff! Wir können uns jetzt keine Aussetzer mehr leisten. Hör auf, rumzujammern. Denk lieber darüber nach, von wem wir uns bis morgen drei schwarze Anzüge leihen können."

„Anzüge?"

„Ja, Anzüge. Jackett, Hose, Krawatte. Anzüge eben."

Der Däne senkte sein Haupt und legte die Stirn in Falten. „Peter“, sagte er schließlich.

„Wer ist Peter?“

„Wohnt im Dachgeschoss. Er ist Schlagzeuger in einer Beatles-Cover-Band. Die tragen so was bei ihren Auftritten.“

„Worauf warten wir?“, sagte ich und eilte los.

Der nächste Morgen begann mit viel Kaffee. In Kanonen-Roberts Tasse hatten wir zusätzlich ein halbes Päckchen Aspirin nebst einiger Pillen skandinavischer Herkunft mit der vielsagenden Aufschrift SMERZ aufgelöst. Mehr gab die Hausapotheke des Dänen nicht her. Dem Geschmack schien es jedenfalls nicht abträglich zu sein. Klaglos löffelte der Stuntman die dickflüssige Brühe in sich hinein und rauchte dazu die erste Zigarette des Tages. Sein Magen-Darm-Trakt dankte es ihm mit ersten Vitalfunktionen. Lars wandte sich angewidert ab. Mit viel Phantasie betrachtet, hatte der Stuntman schon wieder ein wenig Farbe im Gesicht. Ich hätte ihm gerne etwas von meiner abgegeben. Ein Traum in Pastell, wie ein flüchtiger Blick in den Spiegel offenbarte, der in der Küche hing.

Wir knabberten uns schweigend durch eine Packung Finn Crisp und grauten mit dem anbrechenden Morgen um die Wette.

„Heute ist unser großer Tag“, eröffnete ich schließlich die Lagebesprechung. Zu meiner Enttäuschung blieb die erhoffte Reaktion aus. Es gab überhaupt keine Reaktion. „Hey, was ist mit euch los? Wollt ihr denn gar nicht wissen, was ich herausgefunden habe?“

„Weiß nicht“, murmelte Lars. Kanonen-Robert untermalte die allgemeine Ratlosigkeit mit einem lang anhaltenden Furz.

„Vollidiot!“, raunzte ich ihn an und öffnete ein Fenster.

„Und was ist mit dir?“, wandte ich mich an Lars. „Hast du schon vergessen, um was es geht. Die Erpressung. Zehntausend Euro. Klingelt da was?“

„Ach das.“

„Ja, genau das!“

Der Däne rührte unmotiviert in seinem Kaffee. „Na ja“, setzte er schließlich an und leckte dabei an seinem Teelöffel. „Ich glaube, der meinte das gar nicht so ernst.“

„Bist du wahnsinnig geworden?“

„Nicht so laut“, stöhnte Kanonen-Robert.

„Sonst hätte er sich doch längst wieder gemeldet.“

„Das konnte er nicht!“, schrie ich aufgebracht. „Und jetzt rate mal, warum!“

„Hey, lass mich los.“

„Scheiße, könnt ihr bitte etwas leiser sein.“

„NEIN! DAS KÖNNEN WIR NICHT!“, brüllte ich und stieß den eingeschüchterten Stalker auf Kanonen-Roberts Schoß. „In einer halben Stunde fängt die Beerdigung an. Bis dahin seid ihr umgezogen und einsatzbereit! Habe ich mich klar und deutlich ausgedrückt?“

Widerspruch setzt Charakter und Energie voraus. Kanonen-Robert und Lars mangelte es an beidem.

Der Volvo arbeitete sich zuverlässig über den Alleenring in Richtung Hauptfriedhof. Ich parkte den Schweden an der Friedhofsmauer und stieg aus. Kanonen-Robert und Lars folgten mir unwillig. Der Haupteingang wurde von einer Polizeistreife bewacht. Jeder Besucher einzeln kontrolliert. In unseren schlecht sitzenden Anzügen hatten wir nicht den Hauch einer Chance.

„Wir probieren es hintenrum“, sagte ich und ging in die entgegengesetzte Richtung.

„Was soll der Scheiß?", murrte Kanonen-Robert. „Ich hab mit der Sache doch gar nichts zu tun."

„So, hast du nicht? Und deswegen willst du dich jetzt einfach verpissen? Dann mach doch! Ich brauche dich nicht! Und er schon gar nicht!" Dabei deutete ich mit ausgestrecktem Zeigefinger auf Lars. „Aber wehe, du kommst wieder angekrochen, wenn bei dir die GEZ klingelt. Verdammter Angsthase! Und so was nennt sich Stuntman. Dass ich nicht lache!"

„Ist ja schon gut."

„HIER IST GAR NICHTS GUT!"

„Schrei doch nicht so", jammerte der Stuntman. „Ich hab Kopfschmerzen."

„Stuntman? Ich dachte, das ist ein Kollege von dir", mischte sich Lars ein.

„Das dachte ich auch!"

„Hört auf, euch zu streiten", stöhnte Kanonen-Robert und hielt sich den Kopf.

„ICH STREITE MICH NICHT MIT IHM, ICH STREITE MICH MIT DIR!"

„Ich komme ja mit."

„Bist du wirklich Stuntman?"

„Nein …, das heißt: ja. Ist doch auch egal. Aber was verdammt machen wir hier um diese himmelschreiende Uhrzeit? Habt ihr mal in den Spiegel geguckt? Ihr seht aus wie die Blues Brothers. Was hast du vor, Kurt? Die Band wieder zusammenbringen? Und warum schleppst du diesen albernen Pizzakarton mit dir rum?"

„Vorhin hat euch das auch nicht interessiert", nörgelte ich beleidigt.

„Jetzt schon", beharrte der Stuntman.

„Seinen Arsch will ich retten und ganz nebenbei einen Mord aufklären."

„Mord?"

„Ja, Mord. Wir haben jetzt keine Zeit, das alles durchzukauen. Ihr werdet es noch früh genug erfahren. Alles, was ich von euch verlange, ist, dass ihr mir für die nächste halbe Stunde den Rücken freihaltet, okay?"

„Okay", kam es wie ein Echo aus dem Mund des Dänen zurück. „Was ist der Plan?"

Ich hasste diese Frage, weil sie voraussetzte, dass es einen Plan gab.

„Zuerst müssen wir mal da reinkommen", faselte ich und ließ meinen Blick über die meterhohe Friedhofsmauer schweifen. „Der Rest wird sich ergeben."

„Das wird er nicht", durchkreuzte Kanonen-Robert dieses billige Ablenkungsmanöver. Noch während ich darüber nachdachte, ihm dafür eine zu scheuern, entdeckte ich einen Trupp Plakatkleber, der sich an einer Litfasssäule unweit des Volvos zu schaffen machte.

„Da!", sagte ich und stürmte los. „Die haben eine Leiter."

„Und jetzt?", fragte Kanonen-Robert und blickte misstrauisch nach unten.

„Was jetzt?"

„Ja, wie kommen wir da runter?"

„So", sagte ich und gab ihm einen heftigen Stoß.

Neunzehn

„Aua!“

„Was ist denn nun schon wieder?“

„Ich glaube, ich habe mir den Fuß verstaucht.“

„Stuntman, ha!“

„Kannst du aufstehen?“, fragte Lars.

„Ja, geht schon.“

„Dann los“, befahl ich. „Sieht so aus, als müssten wir da lang.“

Man konnte es wirklich nicht verfehlen. Die Trauergemeinde hatte sich unweit einer Gruppe kahler Laubbäume zu einem großen schwarzen Klumpen zusammengeballt. Aus der Ferne betrachtet, konnte der Pulk auch als eine Kolonie frierender Kaiserpinguine durchgehen. Die Außentemperatur gab jedenfalls ihr Bestes, diesen Gedanken nachhaltig zu unterstützen. Auf dem Weg vor uns lief ein uniformierter Polizist Streife. Ich wartete ab, bis der Beamte aus unserem Sichtfeld verschwunden war, und schlich, Kanonen-Robert und Lars im Schlepptau, bis zur nächsten Weggabelung durch das Gebüsch, in dem wir gelandet waren.

„Was willst du denn da?“, nervte der noch immer humpelnde Stuntman.

„Das hab ich euch doch vorhin schon erklärt.“

„Eben nicht.“

„Gut, dann noch mal für Begriffsstutzige ...“

„Was heißt hier begriffsstutzig!“

„Dass du zu blöd bist, von einer Mauer zu springen.“

Sein Tritt verfehlte mich knapp. Offensichtlich war er aber

schon wieder fit genug, sich nicht nur verbal zur Wehr zu setzen. Bevor ich zurückschlagen konnte, drängte sich Lars zwischen uns.

„Jetzt vertragt euch, sonst entdecken uns die Bullen sofort. Außerdem könntest du uns wirklich erklären, was wir hier sollen."

„Okay", hob ich an. „Aber nur die Kurzform. Andy Schlegl, der Freund von Sarah Morgentau, ist nicht zufällig erschossen worden. Die Beweise dafür sind hier drin", erklärte ich und präsentierte den Pizzakarton wie eine Goldene Schallplatte. „Die Beerdigung ist unsere einzige Chance, alle Beteiligten auf einem Haufen in Anwesenheit von Presse und Polizei anzutreffen. Wie ihr seht, ist nur der engste Familienkreis eingeladen. So steht es zumindest in der Presseerklärung, was bedeutet, dass mit Sicherheit mindestens drei Fernsehteams vor Ort sind. Soviel habe ich mittlerweile begriffen." Einen Übertragungswagen hatte ich bereits erspäht, die anderen vermutete ich irgendwo hinter den Büschen.

„Warum gehen wir nicht gleich zur Polizei, wenn du Beweise hast?", fragte Lars, der sich immer noch verzweifelt darum bemühte, den wutschnaubenden Stuntman im Zaum zu halten.

„Schon mal was vom Überraschungseffekt gehört?", retournierte ich souverän. „Beweise sind die eine Sache. Mir geht es um die Reaktionen der Beteiligten. Die ganze Zeit wurden wir von diesen mediengeilen Schöngeistern an der Nase herumgeführt wie pubertierende Schulmädchen. Die haben mit uns gespielt wie mit lebenden Schachfiguren. Uns hin und her geschoben, wie es ihnen gerade passte. Jetzt ist der Zeitpunkt gekommen, dieses widerwärtige Pack mit seinen eigenen Waffen zu schlagen und mattzusetzen. Ich will Blut sehen. Dabei zuschauen, wie diese elende Bagage übereinander herfällt wie eine Meute ausgehungerter Stadttauben und anfängt sich gegenseitig die Augen auszuhacken."

„Schulmädchen, Schachfiguren, Blut, Stadttauben? Was laberst du da für einen Scheiß?", zischte Kanonen-Robert und entwandt sich keuchend dem Haltegriff des Stalkers. „Dann geh doch hin und mach dich vor versammelter Mannschaft lächerlich. Ich für meinen Teil hab genug gehört."

„Jetzt warte halt."

Er ging nicht darauf ein. Nach einem kurzen Kampf mit dem eigenen Ego schob ich ein flehentliches „Bitte" hinterher.

„Wozu brauchst du mich dabei?"

Damit hatte er den wunden Punkt exakt getroffen.

„Das dauert jetzt zu lange. Der Pfarrer ist schon fast fertig", improvisierte ich und spähte vorsichtig durch die Koniferen. „Kommt jetzt, bevor sich das Streifenhörnchen wieder auf den Rückweg macht."

„... sein geistiges Erbe wird uns bis über die Grenzen irdischer Existenz in die Zukunft begleiten ...", salbaderte der glatzköpfige Priester und gestikulierte dabei ausladend mit den Armen. Ich dachte an *Volle Teller für halbe Portionen, Promis kochen für Hartz-IV-Empfänger* und hoffte inständig, dass man das geistige Erbe auch ausschlagen konnte.

„Der Herr gibt, und der Herr nimmt ...", ging es weiter. Ich schaltete die Ohren auf Durchzug und zwängte mich behutsam durch die Menge. Sarah Morgentau hielt ihr Antlitz unter einem monströsen Schleier verborgen. Ihr zur Seite stand eine gealterte Dame, deren schlohweißes Haar sich wie der Hut eines Champignons fächerförmig bis zu den Schultern ausbreitete. Andy Schlegls Mutter, mutmaßte ich und suchte nach weiteren Bekannten in der Trauergemeinde. Im vorderen Bereich tummelte sich jede Menge Prominenter. Einige davon waren selbst mir ein Begriff, andere hingegen nur an der Anzahl der sie umgebenden Security-Gorillas zu erkennen. Ahmed Göktan hatte ausnahmsweise die Kamera zu Hause gelassen. Direkt neben ihm entdeckte ich Ellen Lavoire, die ihre Beule geschickt mit einem breitkrempigen Hut kaschierte. Die Polizei hielt sich diskret im Hintergrund. Der Survival-Bulle, dessen Name mir entfallen war, hatte seine giftgrüne Jacke gegen einen schlecht sitzenden Mantel eingetauscht und kaute gelangweilt auf einem Zahnstocher herum. Seine Chefin folgte der Zeremonie mit gewohnter Regungslosigkeit. „... ist die Zeit gekommen Abschied zu nehmen ...“, waberte es durch den nasskalten Wind.

„Wo willst du denn hin?“, zischelte Kanonen-Robert mir zu.

„Ganz nach vorne“, flüsterte ich.

„Da sieht uns doch jeder.“

„Eben.“

„... und wenn ich von Abschied spreche, meine ich auch Ankunft ...“

Die Kameras folgte den Worten mit einem Schwenk über die Pinguinkolonie.

„... Ankunft im Sinne von Heimkehr ...“

Das war mein Stichwort. Ich angelte mir das Fleischermesser, das ich aus Lars Andersens Küche entwendet hatte aus dem Hosenbund, packte den Stuntman im Genick und stürmte laut krakeelend nach vorne.

„Hey, was soll das?“

„Halt einfach still, dann passiert nichts“, flüsterte ich Kanonen-Robert ins Ohr und drückte ihm die Klinge im Würgegriff an die Kehle. Im selben Moment wurden gut ein Dutzend Faustfeuerwaffen entsichert, deren Läufe nach einer kurzen Phase der Orientierungslosigkeit allesamt ihren Fixpunkt auf Kanonen-Roberts Stirn fanden.

„Waffen runter!“, brüllte ich und ließ das Messer sanft über die Bartstoppeln des mittlerweile stark schwitzenden Stuntmans gleiten. Niemand schien sich von dieser Anweisung beeindrucken zu lassen. Für einen kurzen Augenblick zweifelte ich am Erfolg meines eben noch so plausibel erscheinenden Plans. Erst ein schriller Pfiff der Kommissarin sorgte dafür, dass sich die Waffen langsam wieder senkten. In der Ferne entdeckte ich den weißen Talar des Priesters, der sich klammheimlich aus dem Staub gemacht hatte. Das ewige Leben, der Garten Eden, das Paradies. Alles nur Phrasen, wenn es um die nackte Existenz geht. Am Ende sind wir alle gleich.

„Was wollen Sie, Bratfisch?“, durchschnitt die emotionslose Stimme der Kommissarin die nur von leisem Stöhnen des Stuntmans durchbrochene Stille.

„Dieser ganzen Farce ein Ende bereiten“, sagte ich mit fester Stimme. „Andy Schlegl ist ermordet worden“, fügte ich ebenso unmissverständlich hinzu.

Ein Raunen ging durch die Menge.

„Dein Wille geschehe, wie im Himmel so auf Erden …“ Kanonen-Robert brabbelte ein Vaterunser vor sich hin.

„Ich hoffe, Sie sind sich im Klaren darüber, welche Folgen Ihr Auftritt hat.“

Da musste ich sie enttäuschen. Mein ganzes Leben lang hatte ich mir nie Gedanken über die Folgen meiner Auftritte gemacht. Die meisten, das immerhin wusste ich, ließen sich wahlweise mit Aspirin oder Alkohol behandeln.

„Wer hat meinen Jungen umgebracht?“, entfuhr es der aufgebrachten Mutter von Andy Schlegl in einem Ton, für den Mütter in aller Welt berüchtigt sind.

„Bitte“, sagte ich und warf ihr den Pizzakarton mit den Fotos aus Ahmed Göktans Computer vor die vermutlich mit echtem Hermelin umpuschelten Stiefel.

Sarah Morgentau schrie vor Schmerz auf, als sich der Regenschirm des wutschnaubenden Champignons tief in ihren Unterschenkel bohrte und damit einem halbherzigen Fluchtversuch des Models ein jähes Ende bereitete.

Regenschirme und Türen, dachte ich. Demnächst geächtet von den Genfer Konventionen.

„Du verdammtes Luder!" keifte die entrüstete Mutter und schlug mit dem Riemen ihrer Krokodillederhandtasche auf das Model ein. Es dauerte eine Weile, bis sich zwei umherstehende Trauergäste dazu erbarmten, die beiden Frauen voneinander zu lösen.

„...und führe uns nicht in Versuchung, sondern erlöse uns von dem Bösen ..."

Ich verringerte den Druck des Messers an Kanonen-Roberts Kehle und flüsterte ihm ein paar aufmunternde Worte zu. „Du spielst deine Rolle wirklich gut, aber hör in Gottes Namen auf zu beten, ich kann mich dabei unmöglich konzentrieren."

„Was sind das für Bilder?" fragte die Kommissarin.

„Fotos vom Tatort", antwortete ich. „Eines davon zeigt, dass Sarah Morgentau ihren Lover keineswegs zufällig erschossen hat, denn der vermeintliche Einbrecher war bereits auf der Flucht, als der Schuss fiel. Der Fotograf steht übrigens dort drüben. Ahmed Göktan. Seines Zeichens Paparazzo und schäbiger Erpresser."

„Warum sollte Frau Morgentau ihren Freund umbringen? Das ist doch vollkommen unlogisch."

„Logik ist auch nicht der erste Begriff, der mir im Zusammenhang mit Sarah Morgentau einfällt", erwiderte ich gereizt. „Aber beginnen wir von vorne. Nach dem Gewinn der Casting-Show *Catwalk Calling* begann der Stern unseres aufstrebenden Topmodels langsam wieder im Morast der Anonymität zu versinken. Und das, obwohl sie mit allen Mitteln versucht hatte, für die Öffentlichkeit interessant zu bleiben. Deswegen hat sie sich Andy Schlegl an den Hals geworfen. Ein wichtiger Produzent, dessen geistiges Erbe, wie wir eben gehört haben, uns noch lange verfolgen wird. Leider zog diese Beziehung nicht das erhoffte mediale Echo nach sich. Andy Schlegl war voll und ganz mit seiner eigenen Karriere beschäftigt. Ihm genügte es, auf den roten Teppichen dieser Stadt damit zu prahlen, ein zwanzig Jahre jüngeres Model zu vögeln. Die Künstleragentur, bei der Sarah Morgentau unter Vertrag steht, wurde langsam hektisch und entwickelte eine Strategie mit der man das Model wieder in die Schlagzeilen bringen wollte. Sie buchten einen Stalker, der Frau Morgentau zu fest vereinbarten Zeiten mit Pralinen und Blumen belästigen sollte. Ich habe ihn mitgebracht. Lars, könntest du bitte kurz nach vorne kommen?" Der Däne drängelte sich durch die Reihen und deutete eine Verbeugung an.

„Das ist Lars Andersen. Belästigungen aller Art zu günstigen Pauschalpreisen. Nur für den Fall, dass jemand Interesse hat. Er wird Ihnen meine Angaben bestätigen." Im Publikum begann es aufgeregt zu tuscheln.

„Doch leider ging auch dieser Plan schief", fuhr ich fort. „Die Nummer mit dem Stalker war einfach zu abgedroschen, um damit noch irgendeinen Hund hinter dem Ofen hervorzulocken. Eine neue Idee musste her. Die letzte Chance bestand darin, mit etwas wirklich Spektakulärem aufzuwarten. Und da Andy Schlegl ohnehin zu nichts zu gebrauchen war, wurde beschlossen, das auf seine Rechnung zu tun. Lars Andersen sollte in dieser Nacht in die Villa einbrechen. Sarah Morgentau wollte ihn dabei überraschen und als kleinen Knalleffekt für die Medien dabei einen Schuss abgeben. Andy Schlegl war das ideale Opfer: prominent, blöd und überaus telegen. Natürlich sollte er dabei nur verletzt werden, aber auch schießen will gelernt sein. Insbesondere, wenn es dunkel ist und alle Beteiligten wild umeinanderfuchteln. Wer genau diesen teuflischen Plan ausbrütete, kann ich nicht sagen, aber das können uns die Beteiligten ja gleich selbst erzählen. Jedenfalls waren sie blöd genug, sich darüber per Mail auszutauschen. Die entsprechenden Daten habe ich sichergestellt. Ellen Lavoire, Sarah Morgentaus Agentin, engagierte mich unter dem Vorwand, ein wenig auf Sarah Morgentau aufzupassen. Alles, was sie brauchten, war ein glaubwürdiger Zeuge, der mit der Sache nichts zu tun hatte. Als sich Lars, wie vereinbart, an der Terrassentür von Andy Schlegls Villa zu schaffen machte, schnappte sich Sarah Morgentau dessen Revolver aus dem Nachtischschrank, schlich mit ihrem ahnungslosen Lover im Schlepptau nach unten und schoss ihn kaltblütig über den Haufen. Sie muss ihn wirklich gehasst haben. Kein Wunder, wenn man bedenkt, wie sehr dieser Idiot auf sich selbst fixiert war. Unterschätze nie eine Frau", fügte ich hinzu und beobachte, wie sich die Mundwinkel der ansonsten teilnahmslosen Kommissarin für den Bruchteil einer Sekunde um ein paar Millimeter anhoben.

„Warum war dieser Fotograf am Tatort?", fragte sie dann und deutete auf Ahmed Göktan.

„Er wurde ebenfalls von der Künstleragentur Lavoire für die Belange Morgentau gebucht. Das lässt sich alles anhand der Kundendatei der Agentur belegen. Er sollte ein paar unscharfe Aufnahmen des Stalkers machen, die man später an Illustrierte verkaufen wollte. Keine schlechte Idee, wenn man davon absieht, dass in diesem Spiel jeder nur auf seinen eigenen Vorteil bedacht war. Ich habe mir seinen Computer vorgeknöpft. Neben den geforderten unscharfen Bildern sind auch ein paar gestochen scharfe dabei. Von Lars Andersen hat er bereits zehntausend Euro gefordert. Sarah Morgentau wäre mit

Sicherheit nicht so billig davongekommen. Ihr Marktwert ist in den letzten Tagen um ein Vielfaches gestiegen.“ Mit diesen Worten endete ich und ließ das Messer wieder sinken. „So, und jetzt machen Sie von mir aus, was immer Sie wollen.“ Der Stuntman fiel augenblicklich in Ohnmacht. „Das ist übrigens ein Freund von mir“, fügte ich erklärend hinzu. „Er hat das alles freiwillig gemacht.“

Das erwartete Hauen und Stechen blieb aus. Sarah Morgentau leckte sich die Wunden. Ahmed Göktan und Ellen Lavoir standen wie angewurzelt da und ergaben sich ihrem Schicksal. An Flucht war nicht zu denken, das Gelände von allen Seiten umstellt. Als Medienfachleute wussten sie nur zu gut, dass jedwede Reaktion unweigerlich sofort als Schuldeingeständnis aufgefasst werden würde. Beinahe konnten sie einem leid tun. Ich grinste zufrieden und steckte mir genussvoll eine Zigarette zwischen die Lippen. Dieser Job war erledigt. Schon in ein paar Stunden würden sich die Medien überschlagen und Sarah Morgentaus Karriere ein jähes Ende bereiten. Mehr konnte man nicht erwarten. Was die Justiz daraus basteln würde, war mir vollkommen egal.

Eine Weile passierte nichts, dann begann irgendjemand im Publikum zaghaft zu applaudieren.

Zwanzig

Der Tresen des *Bad Vibes* war umlagert von den üblichen Gesichtern. Harald schnarchte zufrieden vor einem halbleeren Glas Bier, Jürgen bürstete sich mit nikotinvergilbten Fingernägeln durch seine Zebrafelljacke und Sandy stand, eine Hand leger in die Hüfte gedrückt, hinter den Zapfhähnen und rauchte. Aus den Boxen nölte Jim Morrison oder Mick Jagger (ich konnte die beiden nie auseinanderhalten), ein Lied, das so klang, wie die Stones jetzt aussahen. Jim Morrison, das musste man ihm zugutehalten, hatte jedenfalls noch rechtzeitig den Löffel abgegeben. Wirklich singen konnte keiner von beiden.

Ich zog mir einen Barhocker zurecht und setzte mich an die Theke.

„Krieg ich ein Bier?"

„Ach, Kurt.", seufzte Sandy und überreichte mir ein frisch gezapftes Export.

„Schmeckt gut", sagte ich und wischte mir den Schaum von den Lippen. „Schön, wieder hier zu sein", ergänzte ich und hoffte, dass Sandy dieses Friedensangebot annehmen würde.

„Haben sie dich erst heute gehen lassen?"

„Ja", sagte ich. Mittlerweile waren zwei Tage vergangen seit meiner Aufsehen erregenden Vorstellung auf Andy Schlegls Beerdigung.

„Ich hab dich im Fernsehen gesehen."

„War wohl nicht zu vermeiden."

„Nein." Und nach einem kurzen Moment der Stille: „Hat mir gefallen."

„Ehrlich?"

„Klar. Oder hast du gedacht, ich lass dich fallen, jetzt, wo du endlich berühmt bist."

„Hör mir bloß damit auf."

„Wie geht's denn jetzt weiter?"

„Keine Ahnung", sagte ich. „Die Bullen haben alles beschlagnahmt. Um den Rest werden sich wohl die Anwälte kümmern. Die Mutter von Andy hat mir auch einen besorgt. Nur für den Fall, dass noch irgendwas schiefläuft."

„Ich meine mit uns, du Idiot."

„Da läuft nichts mehr schief", sagte ich und strich ihr sanft über die Wange. Ihr Blick jagte mir einen wohligen Schauer den Rücken hinunter. Der anschließende Kuss tat seinen Teil dazu.

„Tut mir übrigens leid wegen des DJs", sagte ich, als sich unsere Lippen wieder voneinander gelöst hatten.

„Dieser Arsch wollte mich verklagen. Ich habe ihm Lokalverbot erteilt und ihn achtkantig rausgeworfen. Solche Wichser kommen mir nicht mehr in die Kneipe. Ich habe die Nase gestrichen voll von dieser ganzen Eventscheiße. Neulich war sogar die FDP hier und wollte Wahlkampf fürs Rauchen machen. Wo soll das noch hinführen?"

„Ach, deswegen diese merkwürdigen Aschenbecher."

„Ja, das einzige, was man gebrauchen konnte."

„Wie willst du denn weitermachen mit der Kneipe?"

„So wie immer. Vermutlich kippen die das Gesetz sowieso wieder. Und bis dahin bleibt alles beim Alten. Der Laden heißt nicht umsonst *Bad Vibes*".

„Gut", sagte ich und atmete erleichtert aus. Dann drückten wir unsere Kippen synchron auf dem Konterfei von Guido Westerwelle aus.

Dank

Ich danke Simone Herbert, Christoph Jenisch, Thomas Schäfer, Klaus Weddig, Peter Ripper und Frank Demant – ohne die nichts wäre, wie es ist.

Röschen-Verlag

Das Fußballbuch des Jahres:

Wie goldener Schnee fällt es auf ihre erhitzten Köpfe. Aus den Augen blitzt unbändige Freude und ihr triumphaler Gesang hallt durch das Stadion: „So sehen Sieger aus …" 2003 erstmals Weltmeister. 2007 erneut. Die deutschen Fußballfrauen in Glanz und Glorie. Und dann die WM 2011 im eigenen Land!

Es begann mit einem Traum, der sie auf dem langen steinigen Weg, gepflastert mit Ablehnung, Vorurteilen, Schmähungen und Verboten, niemals verließ. Mutig und beharrlich, das Ziel fest im Auge, den Zeitgeist gesellschaftlicher Veränderungen an der Seite, gingen sie auf eine Entdeckungsreise, die sie zur Eroberung des Fußballs führte. Nun haben die Frauen und Mädchen ihren festen Platz in einem Lebensbereich, der gemeinhin als „schönste Nebensache der Welt" qualifiziert wird. So ist es zumindest in Deutschland.

Wie es dazu kam, wird in diesem Buch erzählt. Von Monika Staab, die schon im Kommunionkleid den Ball kickte, später das Elternhaus verließ, um sich mit dem Fußball die Welt zu erschließen. Die Pionierin war auch dabei, als 1990 mit der Gründung der Frauen-Bundesliga eine neue Epoche begann. Sie war eine der ersten deutschen Fußball-Lehrerinnen, wurde mit dem 1. FFC Frankfurt zur erfolgreichsten Vereinsfußball-Trainerin und ist heute als „Entwicklungshelferin" in vielen exotischen Ländern dieser Welt dabei, Frauen und Mädchen das Tor zum Fußballglück öffnen zu helfen.

Monika Staabs Weg darf als ebenso exemplarisch für die Entwicklung des Frauenfußballs gesehen werden, wie der der SG Praunheim. Der kleine Frankfurter Vorstadtverein tauchte praktisch aus dem Nichts auf und sorgte dann zeitweise für Furore. Der Sportjournalist Dieter Hochgesand erzählt aus den Zeiten, in denen er und wie er als Trainer die SG Praunheim in die neue Bundesliga führte – mit der blutjungen Steffi Jones als Torjägerin, Monika Staab als Teamkapitänin, einer verschworenen Schar begeisterter und begeisterungsfähiger Spielerinnen, die vor über 2 000 Zuschauern den FC Bayern besiegten, dem dominanten FSV Frankfurt die Stirn boten und als Tabellenführer die Szene ins Staunen versetzten. Übrigens: Aus der SG Praunheim ging dann der 1. FFC Frankfurt hervor.

ISBN: 978-3-940908-08-7
Hardcover · 164 Seiten, viele Bilder · 19,95 Euro

Röschen-Verlag

Autor: Frank Demant

ISBN-13: 978-3-9809915-0-6
Preis: 9,30 Euro / SFr. 17,70

Simon Schweitzer - immer horche, immer gugge

Eines Tages wird Simon Schweitzer, ohne daß er es merkt, mit einer Leiche konfrontiert. Und außerdem sind da noch die zwei bis dato ungeklärten Polizistenmorde an der Startbahn West und Maria von der Heide. Die mit der atemberaubenden Figur.

Autor: Frank Demant

ISBN-13: 978-3-9809915-1-3
Preis 9,30 Euro / SFr. 17,70

Simon Schweitzer - Geiseldrama in Dribbebach

Eines tristen Tages betritt Simon Schweitzer die Filiale der Teutonischen Staatsbank, um sich über deren widerlichen Gebührenpolitik zu beschweren. Doch dann gerät er unversehens in einen Überfall, der von Anfang an etwas seltsam anmutet und sich gar arg in die Länge zieht.

Autor: Frank Demant

ISBN-13. 978-3-9809915-2-0
Preis 9,30 Euro / SFr. 17,70

Simon Schweitzer - Tod im Ebbelwei-Expreß

Schurkische Kräfte aus Rußland und Italien versuchen, im Apfelweinland Sachsenhausen Fuß zu fassen. Doch haben sie nicht mit dem Widerstand der einheimischen Bevölkerung und dem Ebbelwei-Expreß gerechnet.

Röschen-Verlag

Autor: Frank Demant

ISBN-13: 978-3-9809915-4-4
Preis 9,45 Euro / SFr. 18,00

Simon Schweitzer - die Leiche am Eisernen Steg

Alles fängt ganz harmlos mit einer Leiche am Eisernen Steg an. Dann bekommt Laura Roth, seine Untermieterin, Besuch aus Berlin, und Herr Schweitzer wird in einen Fall verwickelt, dessen Wurzeln im Dritten Reich liegen.

Autor: Frank Demant

ISBN-13: 978-3-9809915-6-8
Preis 9,30 Euro / SFr. 17,70

Simon Schweitzer - Opium bei Frau Rauscher

Herr Schweitzer, Privatier aus Leidenschaft, lebt gerne in den Tag hinein. Die Nacht widmet er intensiv der Sachsenhäuser Kneipenszene. Um diese Ausschweifungen zu finanzieren, spielt er mit dem Gedanken, eine Detektei zu gründen.

Von einer Urlaubsbekanntschaft aus Laos erhält Herr Schweitzer seinen ersten Auftrag und wird versehentlich Zeuge eines Mordes aus Eifersucht. Doch je mehr Details die Frankfurter Kripo ans Tageslicht zerrt, desto weniger glaubt er an das, was er mit eigenen Augen gesehen hat.

Röschen-Verlag

Autor: Frank Demant
ISBN-13: 978-3-940908-03-2
Preis 9,45 Euro / SFr. 18,00

Verschollen im Taunus

In Unterwäsche erwacht Herr Schweitzer, seines Zeichens Detektiv und Privatier aus Leidenschaft, leicht verletzt in Nachbarschaft zu einem enthaupteten Bösewicht fern jedweder Zivilisation im Taunus. Ein kleiner temporärer Gedächtnisschwund erschwert die Ursachenforschung.

Derweil ist in Frankfurt die Hölle los. Ein russischer Milliardär würde sich gerne den hiesigen Fußball-Bundesligisten unter den Nagel reißen, was aber von einem aufmerksamen Sportjournalisten recht fix aufgedeckt wird.

Und irgendwie hat das eine mit dem anderen zu tun.

Autor: Frank Demant
ISBN-13: 978-3-940908-05-6
Preis 9,45 Euro / SFr 18,00

Das Geheimnis vom Kuhhirtenturm

Drei Morde binnen weniger Tage an vermeintlich unbescholtenen Bürgern reißen Frankfurts Kripo aus dem Sommerschlaf. Die Tatortspuren lassen auf unterschiedliche Täter schließen, was die Sache nicht unbedingt erleichtert.

Herr Schweitzer, seines Zeichens Privatier, leidenschaftlicher Kneipengänger, Faulpelz und Detektiv auf Gelegenheitsbasis, sagt notgedrungen seiner geliebten Hängematte Adieu und begibt sich auf Spurensuche und damit in Teufels Küche.

Röschen-Verlag

Autor: Frank Demant

ISBN-13: 978-3-9809915-3-7

Preis 10,00 Euro / SFr. 18,50

+++Tagesgeschäfte+++

Das vorliegende Buch beruht auf einer wahren Begebenheit, die sich im Umfeld des Autors zugetragen hat. Das couragierte Verhalten eines unbedeutenden Sachbearbeiters entwickelte sich zum wohl teuersten Mobbing-Fall in der Geschichte der Bundesrepublik Deutschland.

Es ist eine Hommage an all diejenigen, die trotz größter Repressalien den Blick für Recht und Unrecht nie aus den Augen verlieren.

Der Frankfurter Laufkrimi

von Gerd Fischer

Angst und Entsetzen
im Frankfurter Niddatalpark.
Ein toter Läufer liegt
am Ufer der Nidda.
Andreas Rauscher,
Kommissar und Apfelweinliebhaber,
macht sich auf die Jagd nach dem Joggermörder.
Er taucht ein in die Welt
der Kilometerfresser, Bestzeiten und Endorphine.
Die heile Läuferwelt beginnt
zu bröckeln und
der Fall entwickelt sich
zu einem Wettrennen auf
Leben und Tod.

ISBN 978-3-98135710-3

mainbook main crime

Röschen-Verlag

Politiker schreibt Polit-Krimi!

In Frankfurt ist Oktober und der Teufel los! Hauptkommissar Tom Bohlan kehrt nach vielen Jahren widerwillig in den Dienst zurück und wird mit einer jungen, gut aussehenden Kommissarin konfrontiert.
Ein ehrgeiziger Musikproduzent, der unbedingt Frankfurter Oberbürgermeister werden will, kämpft mit der neuen Linken gegen die Machtelite seiner Partei, die am Abgrund steht. Eine Bestsellerautorin, die keiner kennt, schnüffelt in den Katakomben der Macht. Dann liegt eine junge Referentin tot in ihrem Bett. Die Ereignisse überschlagen sich. Tom Bohlan ermittelt in Frankfurts linkem Milieu und bekommt es mit Macht, Politik, Sex und schließlich mit der Moral zu tun.

Frankfurt Krimi · Taschenbuch · 176 Seiten · 9,80 Euro

Ein ziemlich heißer Tod...

Als der Startrainer Klaus Momsen tot in der Sauna seines Fitness-Studios gefunden wird, herrscht allgemeine Fassungslosigkeit. Hauptkommissar Tom Bohlan und seine Kollegin Julia Will stoßen schon bald auf einige Ungereimtheiten.
Warum war Momsen mit Dopingmitteln vollgepumpt?

„Lutz Ullrich ist ein Buch gelungen, das sich zweifelsohne dazu eignet, es von vorne bis hinten auf einmal durchzulesen. Flott geschrieben und spannend bis zum Schluss." ***Frankfurter Neue Presse***

Frankfurt Krimi · Taschenbuch · 176 Seiten · 9,80 Euro